엄마가 모르는
나의 하루하루가
점점 많아진다

엄마가 모르는
나의 하루하루가
점점 많아진다

김소은 지음

위즈덤하우스

서문

　내가 다닌 초등학교는 일기 쓰기를 중요하게 여기는 곳이었다. 그 영향으로 초등학교 때부터 꾸준히 일기를 적어왔고 매일은 아니어도 쉬지 않고 쓰려고 노력했다. 특히 힘든 일, 슬픈 일, 우울한 일이 있을 때는 일기에 적으면서 기분을 풀곤 했다. 나는 기억력이 좋지 않아서 어린 시절을 거의 기억하지 못하는 편이라, 이번에 책을 쓰면서 옛날 일기장의 도움을 받으려고 찾아보았는데 이사하면서 어디에 두었는지 도무지 찾을 수가 없었다. 며칠 동안 찾지 못하다가 혹시나 하고 열어본 옷장 속에서 일기장이 들어있는 상자를 발견했을 때 나도 모르게 기쁨의 소리를 질렀다.

　힘들게 찾은 일기를 쭉 읽어보았다. 지금껏 살아온 내가 모두 그 안에 있었다. 훈버터(남편)는 기록의 힘이 대단하다는 걸 다시 한 번 느꼈다고 한다. 엄마와 관련된 이야기를 쓰게 되었기에 주로 엄마가 나오는 일기를 찾았는데, 20대부터의 일기에서는 엄마가 몇 번 나오지 않았다. 초등학교 일기에는 이틀에 한 번꼴로 엄마가 등장하는 반면 20대의 나에게는 친구, 미래, 연인에 대한 이야기만 가득하고 엄마와 가족 이야기는 아주 적었다. 자라면서 겪게 되는 당연한 과정이겠지만 그 과정 속에서 엄마는 어떤 감정을 느꼈을까 생각해보게 된다. 한 아이의 엄마가 된 나에게도 다가올 미래라고 생각하니 그때 느끼게 될 감정이 벌써부터 걱정되기도 한다.

어렸을 때 쓴 일기를 보면서 정말로 즐거웠다. 어린아이의 일기 속 주된 내용은 뭐 했고 뭐 했고 뭐 했고, 이런 일과 나열이 대부분이어서 그날의 일들을 알 수 있어서 좋았다. 일기에 적혀있는 엄마의 짧은 글들도 반가웠다.

유품을 정리하다가 엄마가 쓴 일기 몇 장을 발견한 일이 있다. 반가운 마음에 그 자리에서 바로 읽어 내려갔는데 엄마도 나처럼 힘들 때만 일기를 적었는지 우울한 내용이 가득했다. 아주 많이 뒤늦기는 했지만 내가 몰랐던 엄마의 마음을 아주 조금 알 수 있었다.

일기를 쓰는 걸 좋아하기도 하고 시간이 지나고 다시 읽는 것도 좋아해서 그동안은 나의 즐거움을 위해 일기를 적어왔다. 이제는 먼 훗날 나의 흔적을 들춰볼 자식을 위해서라도 계속해서 일기를 적어나가게 될 것 같다.

원고를 쓰면서 많이 울었다. 엄마 이야기를 마음껏 풀어내는 일은 즐거우면서도 힘들었다. 책상 앞에 앉아 작업을 하려고 하면 시작도 하기 전에 지친 마음이 들 때도 있었다. 오로지 엄마만을 생각하며 쓴 이 책을 엄마가 같이 읽어주었으면 싶은데, 한편 엄마가 돌아가시지 않았다면 나오지 않았을 책이라고 생각하니 기분이 이상하다.

엄마가 돌아가시고 나서 사후엔 무엇이 있을지 종종 생각했다. 죽음 이후에 또 다른 세계가 있기를 바라기도 하고 없기를 바라기도 한다. 엄마가 의사 표시를 못 하고 병원에 누워있을 때 엄마가 원하는 게 무엇인지 알 수 없어 힘들었는데 지금도 그렇다. 사후 세계가 있든 없든 엄마가 행복하게 지내기만을 바랄 뿐이다. 나중에 후회하지 말고 계실 때 잘하라는 말을 정말 많이 들었지만 나는 엄마가 돌아가시고 나서야 엄마 바보가 되었다.

꿈속에서 너구리 라면을 끓이고 있었다. 누군가가 나에게 왜 너구리 라면을 끓이고 있냐고 물었다. 나는 "엄마가 좋아했던 라면이라서"라고 대답했다. 그렇게 대답하면서 잠에서 깼고 깜깜한 밤에 한참을 울다가 다시 잠이 들었다.

엄마는 라면, 냉면, 국수 뭐든 가리지 않고 면 요리를 정말 좋아했다. 하지만 마지막 1년은 그 좋아하는 면 요리를 하나도 드시지 못했다. 투병 당시 엄마는 먹방과 푸드파이터 영상을 자주 찾아서 보았다. 이 사람 먹는 것 좀 보라며 나에게도 보여주기에 그렇게 재미있냐고 물었더니 "내가 못 먹으니까 대리만족하는 거야"라고 답했다.

지금의 내가 엄마를 볼 수 있는 유일한 방법은 꿈밖에 없다. 이 책이 나오는 날, 엄마와 꿈에서 만나 맛있는 라면을 먹으며 두런두런 이야기 나누고 싶다.

2017년 초겨울
김소은

차례

평범하게, 무사하게

2장

그렇게 언제나

3장
자꾸 물어본다

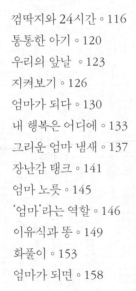

4장

어쩌면 엄마는 심심했을까?

1장

평범하게, 무사하게

엄마 김밥

조물조물. 부엌에서 흘러나오는 고소한 냄새와 밥 비비는 소리. 오늘 아침은 엄마 김밥이구나.

엄마 김밥의 밥 양념은 최고다. 소금, 깨, 참기름만으로 어떻게 이런 맛을 낼 수 있는지! 고소하고 짭짤한 냄새는 언제 맡아도 식욕을 불러온다. 엄마가 아침 일찍 일어나 김밥을 만드는 날이면 우리 세 자매는 옆에서 양념해놓은 밥을 야금야금 숟가락으로 퍼 먹었다. 김밥위에 밥을 넓게 펴고 그 위에 단무지, 당근, 시금치, 계란, 햄, 맛살을 올리면 곧 김밥이 완성된다. 꿀꺽.

성격이 너무도 비슷한 엄마와 나는 사소한 일로 자주 부딪쳤다. 말썽 부리는 자식에게 흔히 부모가 '나중에 너 같은 자식 낳아서 고생해보라'고 하는데, 내가 엄마에게 바로 그런 자식이었다. 너무도 비슷하기에 어떻게 하면 화가 나는지 어떻게 하면 화가 금방 풀리는지 알고 있었다. 알면서도 자존심 때문에 상대방의 기분을 풀어주려는 노력은 하지 않고 시간이 흘러 감정이 무뎌지기만을 기다렸다. 아니, 서로가 먼저 말을 걸어주기를 기다렸다. 한번 옥신각신하고 나면 며칠 동안 서로 말을 하지 않는 일이 비일비재했다.

나는 다른 가족들에게도 착한 사람은 아니었다. 모두에게 막 대하는 못된 딸이자 언니였다. 내 신발을 동생이 신고 나가기라도 하는 날이면 화를 참지 못해 동생에게 마구 퍼부었다. 동생의 행동이 마음에 들지 않으면 약간의 폭력도 서슴지 않았다. 대학에 왜 가야 하는가에 대해 이야기를 나누다 아빠의 말끝마다 꼬투리를 잡고 말도 안 되는 소리를 잔뜩 늘어놓기도 했다. 내가 원하는 대로 되지 않으면 온갖 성질을 부려댔다. 다툼이 생길 때마다 엄마는 '언니가 성질이 더러우니까 네가 참으라'며 동생을 달랬다고 한다. 너무 편해서였는지 가족이라 너무 믿어서 그랬는지 주변 사람들에게는 그러지 않으면서 유독 가족들에게 못되게 굴었다.

모든 화를 가족에게 풀었던 10대를 지나 20대가 되면서 조금씩 여유를 가지고 가족들을 대할 수 있게 되었다. 특별한 계기가 있었던 건 아니지만 좀 더 가족들을 생각하고 배려하게 되었던 것 같다. 어쩌면 스무 살에 처음 해본 연애가 계기가 되었을지도 모르겠다. 엄마에게 나는 자기 이야기를 잘 하지 않는 속을 알 수 없는 딸이었는데, 점점 대화도 많이 하고 무언가를 같이하는 시간이 늘어나면서 엄마와의 관계도 조금씩 부드러워졌다. 어색함이 흐르던 둘만의 시간도 어느 순간부터는 편안해졌다.

일과를 마치고 집에 돌아가는 길에 엄마에게 저녁 메뉴를 물어보곤 한다. 그러면 먹고 싶었던 메뉴가 마침 그날 식탁에 올라올 때가 자주 있었다. 내가 굳이 먹고 싶은 것을 먼저 말하지 않아도 엄마가 그 음식을 준비하는 날이 많았다. 하루 종일 집에서 쉬는 날, 아침부터 짜장면이 먹고 싶다 생각하면 점심에 엄마가 "짜장면 시켜 먹을까?" 하고 물어보기도 했다. "그거 먹고 싶었는데, 어떻게 알았어?" 텔레파시가 통했다고 서로 신기해하다가 어느 순간부터 그것은 우리에게 당연하고 기분 좋은 일이 되었다. 같이 살면서 거의 같은 메뉴를 먹다 보니 먹고 싶은 메뉴의 주기가 비슷하게 돌아오는 것일 수도 있지만, 텔레파시가 통할 때마다 '역시 우린 엄마와 딸이군' 생각하게 된다. 서로 좋을 때도 안 좋을 때도 언제나 이유는 같다. 엄마와 딸이라서.

김밥을 하나 집어 먹고는 김밥을 마는 엄마 옆에서 주저리주저리 떠들었다. "엄마 김밥이 최고야!" "제일 맛있어." "이따 다녀와서 또 먹게 많이 말아줘." "어떻게 하면 이런 맛이 나지?" 예전에는 잘 안 했는데 요즘은 엄마 요리를 먹고 나면 맛있다는 표현을 꼭 하려고 한다. 정말로 맛있기도 하고, 또 말로 표현하지 않으면 잘 모르는 법이니까. 잠자코 앉아서 알아주기를 바라고 있으면 달라지는 것이 없으니까. 엄마가 나에 대해 아는 것만큼은 아니겠지만 내가 엄마에 대해 알고 있는 것만큼은 최선을 다해 표현하고 싶다.
어제도 우리는 서로를 긁는 말을 주고받았다. 한마디를 지기 싫어서 막말을 했지만 그것이 진심이 아니라는 건 이제 잘 알고 있다. 툭툭 주고받은 말에 잠시 상처를 받았다가도 그게 다 지기 싫어서 한 말이라고 생각하면 왠지 웃음이 난다. 난 엄마가 좋다. 많이 부딪치기는 하지만 그 누구보다 나를 잘 이해해주리라는 믿음이 있다. 앞으로는 우리 둘 다 유들유들하고 둥글둥글하게 살았으면 좋겠다. 살짝 정신을 놓고 엄마와 즐겁게 살고 싶다.

건망증

아침. 급하게 노트북 가방에 짐을 챙겼다.

지갑은 두고
돈만 가져가야지.

엘리베이터를 타고 내려와 지하철역으로 가다가
열쇠를 안 가져온 것을 알았다.

내 열쇠!
지갑 안에 들었는데.

엄마에게 전화를 했다.

다시 올라가서 지갑을 가지고 지하철을 타러 갔다.
그런데 이번엔 뒷주머니에 넣어둔 버스카드가 없어진 것이다.

또다시 엄마에게 전화.

혹시나 해서 찾아보니 버스 카드는 다른 곳에 들어 있었다.

그래서 또 전화를...

취미를 공유하는 사이

H.O.T를 빼고는 나의 10대를 이야기할 수 없을 것이다. 어느 토요일 날 친척 집에 놀러 갔다가 〈1318〉이라는 프로그램에서 H.O.T를 처음 보았는데, 그 뒤로 거의 매년 팬클럽에 가입하고 콘서트를 보러 가고 공개방송을 쫓아다닐 정도로 좋아하게 되었다. 책상 앞에는 브로마이드를 붙여놓았고 H.O.T가 나온 잡지며 사진, 책은 모조리 구해 두고두고 보았다.

디지털 음원이 아닌 카세트테이프와 시디로 음반을 발표하던 시절이라 발매일이 정해지면 음반 가게에서 앨범을 구입해야 했다. 앨범 발매일이면 학교를 마치자마자 쏜살같이 집으로 달려갔다. 식탁에는 어김없이 새 음반이 있었다. 시디와 테이프가 각각 세 개씩. 내 것과 둘째 것, 그리고 하나는 보관용으로 엄마가 사다놓으신 것이었다. 나보다 일곱 살 어린 막냇동생은 앨범에 욕심이 없어 우리 것을 같이 들었다. 그날부터 우리 집은 하루 종일 H.O.T 노래만 들었다. H.O.T가 나오는 방송은 전부 챙겨 보고 라디오도 놓치지 않고 전부 들었다. 나중에 이사하면서 보니 그때 녹화했던 비디오테이프와 카세트테이프가 엄청나게 많았다.

매일매일 듣는 똑같은 노래가 질리고 듣기 싫었을 법도 한데 엄마는 그런 말은 한 번도 하지 않았다. 오히려 이 노래가 좋다, 저 노래는 어떻다, 하면서 같이 노래를 불렀다. 우리가 신나게 깔깔거리며 텔레비전을 보고 있으면 아빠는 슬며시 와서 같이 보다가 저게 왜 재미있냐고 반문하며 공감을 하지 못했다. 아빠가 우리와 같이 텔레비전을 보는 경우는 드물었던 반면 엄마는 우리처럼 깔깔대며 같이 텔레비전을 보았다. 젊었을 때 조용필을 많이 좋아하셨다는데, 그런 영향인지 우리를 잘 이해해주었다. 엄마는 늘 우리와 함께였다. 누군가 만화책을 빌려 오면 다 같이 돌려 보았고 영화도 자주 보러 갔다. 엄마와 나는 무협지와 액션 영화를 좋아했다.

20대에 접어들면서 나는 가요 프로그램을 거의 보지 않게 되었다. 가끔 보더라도 모르는 가수들뿐이라 재미가 없다. 여전히 동생들과 함께 가요 프로그램을 즐겁게 보고 요즘 아이돌을 나보다 훨씬 잘 알고 있는 엄마를 보면 신기하기도 하다. 엄마와 대화하면 내가 모르는 '젊은 사람들'을 많이 알고 있어 나만 이렇게 나이 들었나 싶기도 하다. 풋풋한 청춘들의 사랑 이야기를 다룬 드라마가 제일 재미있다는 엄마를 보면서 나보다 더 소녀 같구나 생각했다. 내가 나중에 아이를 낳아도 엄마처럼 진심으로 아이와 같이 즐길 수 있을까?

엄마가 기분이 좋으면 나도 좋다. 언제나 그런 것 같다. 엄마도 그런 마음으로 우리와 함께 즐겨주었던 것이겠지. 하지만 요즘 엄마는 기분 좋은 날이 별로 없어 보인다. 엄마나 나는 기분이 안 좋으면 너무나 쉽게 겉으로 티가 난다. 함께하면 웃을 일이 많았는데, 우리가 점점 자라면서 엄마의 미간에는 자주 주름이 잡혔다. 온 가족이 집에 있어도 거실이 왁자지껄 떠들썩한 날보다는 각자 방에서 시간을 보내는 날이 더 많다. 아빠는 안방에서 텔레비전을 보고 엄마는 동생 방 침대에 기대어 책을 읽으며 대부분의 시간을 보낸다.

그러고 보니 엄마가 좋아하는 건 뭘까. 엄마가 즐거워하는 일이 뭐였더라. 우리와 함께인 엄마가 아니라 엄마라는 사람 자체가 좋아하는 것이 무엇인지 아무리 생각해도 잘 모르겠다. 똑같이 방 안에서 각자 시간을 보내도 아빠는 걱정되지 않는데 엄마는 자꾸 신경이 쓰인다. 아빠는 다른 사람을 신경 쓰지 않고 스스로 즐거움을 잘 찾을 것 같다. 하지만 늘 가족 아니면 다른 사람이 우선인 엄마가 자신만의 즐거움을 알고 있을까? 아이를 낳고 항상 아이들과 함께하다 보면 자기 자신의 즐거움은 잊어버리게 되는 걸까? 그동안 우리가 마음껏 즐길 수 있도록 엄마가 해준 것처럼 나도 엄마를 즐겁게 해주고 싶은데 방법을 잘 모르겠다. 우리 없이도 즐거운 엄마가 되었으면 좋겠는데.

엄마가 밝으면 온 집 안이 밝아진다. 엄마의 밝은 목소리를 많이 많이 듣고 싶다. 내일은 엄마에게 맛있는 거라도 먹으러 가자고 해야겠다.

써니

드디어 영화 '써니'를 보았다.

약속 1 : 엄마랑 써니 보러 가기 → 파투
약속 2 : 엄마랑 써니 보러 가기 → 파투
약속 3 : 엄마랑 써니 보러 가기 → 성공!

'써니'를 먼저 보고 난 친구들의 반응.

그래도 왠지 크게 기대는 되지 않았다.

추억의 7080시대
이야기겠거니…

게다가 아침 9시 조조영화라
영화가 시작할 때는 거의 눈을 감고 있었다.

광고가
왜 이리 길어.

하지만 영화가 시작되자
웃었다가 울었다가 웃었다가 울었다가...

흑흑

엉엉

웃긴데 슬퍼.

→ 휴지가 없어서
 가져간 후드티로 대신...

영화가 끝난 뒤에도
여운이 남아 계속 울었다.

무엇보다 아내로 엄마로 살아가고 있는
'우리 엄마'의 이야기라고 생각되어서 더 짠했다.

엄마도 그런 시절이
있었는데...

엄마...

지잉 -

사진

주유를 마치고 카드로 계산하려는 엄마.

그런 뜻이 아니었을 거야. 엄마!

착각

병원에 입원한 큰엄마의 병문안을 간 엄마와 동생.

들어서자마자 엄마는 짠한 마음에 손을 잡았다.

그런데 …

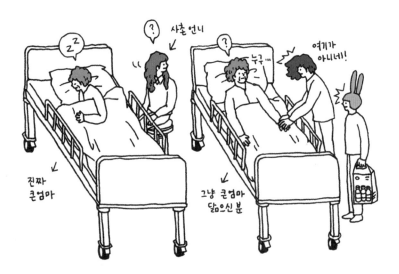

보온병을 포탄으로 착각할 수도 있었겠다는 엄마의 말씀.

좋으면서 무서운 사람

친구들 사이에서 우리 엄마는 '착하고 좋은 엄마'로 통했다. 우리 집에 놀러 오면 이것저것 먹을 것도 많이 주고 내가 좋아하는 가수의 음반도 잘 사주니, 왠지 절대 화를 내지 않으실 것 같다고 했다. 하지만 이건 어디까지나 친구의 엄마이기에 가능한 이야기. 우리 세 자매에게 엄마는 좋지만 동시에 엄하고 무서운 사람이었다. 무관심한 건가 싶을 정도로 육아와 교육은 모두 엄마에게 맡기고 바깥일만 했던 아빠는 우리에게 싫은 소리도 거의 하지 않으셨다. 모든 훈육은 엄마 담당이었다. 엄마가 "하나, 둘, 셋" 하고 세는 순간이 제일 무서웠다. 셋을 다 셀 때까지 엄마 말을 듣지 않으면 크게 혼났다.

야단을 쳐야 하는 순간이 오면 엄마는 가차 없었다. 우리 집에는 멋들어진 그림이 그려진 커다란 장식용 도자기가 있었는데, 안 어울리게 회초리가 꽂혀있었다. 잘못한 일이 있으면 그 회초리로 종아리도 맞고 손바닥도 맞았다. 너무 봐주는 것 없이 아프게 때리니까 정말 우리 엄마가 맞나 싶을 때도 있었다.

엄마에 대해 이야기할 때 우스개처럼 튀어나오는 몇 가지 에피소드가 있다. 집이 더러워지는 게 싫어서 화장실에서 아이스크림을 먹게 했다든가 신문지 위에서 과자를 먹게 했다는 일화는 엄마의 깔끔한 성격을 단편적으로 보여준다. 우리가 말썽을 피우거나 동네에서 놀다가 늦게 들어오면 문밖으로 자주 쫓아냈는데, 그럴 때면 현관문 앞 계단에 쪼그려 앉아있다가 아빠가 퇴근하고 돌아와야 집으로 들어갈 수 있었다. 한 개 틀린 시험지를 자랑스럽게 들고 가면 엄마는 칭찬 대신 이렇게 말했다. "다 맞은 아이도 있잖아."

엄마를 무서워하면서도 쓸데없이 고집 피우며 정말 더럽게 말을 안 듣던 나였기에 혼나기도 많이 혼났다. 하도 엄마에게 못되게 구니까 보다 못한 아빠가 '엄마한테 자꾸 그러면 가만 안 둔다'고 으름장을 놓기도 했다. 오죽하면 아빠가 한마디 했을까 싶은데, 그때는 아빠마저도 엄마 편을 들고 아무도 나를 이해하지 못한다며 엄청 충격을 받았던 기억이 난다.

그래도 대부분 혼날 만한 일이었으니 엄마가 화내는 것도 이해할 수 있었다. 그래서인지 혼났던 일들은 대부분 잊어버렸는데, 아직도 잊을 수 없는 사건이 있다.

중학생 때 가채점 성적표가 나온 날이었다. 공부를 남들보다 빼어나게 잘하는 건 아니었지만 그래도 반에서 10등 안에 들 정도는 유지했고, 그날 성적도 여느 때와 비슷했던 것으로 기억한다. 가채점 성적표의 왼쪽에는 점수가, 오른쪽에는 틀린 문항의 답이 적혀있었다. 본인이 가채점한 결과와 차이가 있으면 최종 성적표가 나오기 전에 확인해서 바로잡을 수 있도록 하기 위해서였다. 종례를 마치고 청소 시간에 친구들과 시험에 대해 이야기를 나누었다. 그때의 우리는 시험으로 우리를 평가한다는 것에 불만이 많아서 뭔가로 그 불만을 표현하고 싶었던 것 같다. 다들 "아, 짜증나!" 하면서 틀린 문항의 답이 적힌 성적표의 오른쪽을 쫙쫙 찢어서 버렸다. 성적표를 부모님께 보여 드리고 확인 서명을 받아 와야 했기에 전부 찢지는 못하고 소심한 반항으로 반쪽만 찢었던 것이다. 다 같이 이런 행동을 했다는 데 서로 만족하면서 집으로 돌아갔다.

집에 가자마자 아무 생각 없이 엄마에게 성적표를 내밀었다. 그런데 반쪽짜리 성적표를 받아 든 엄마가 그렇게 화를 낼 줄이야. 자초지종을 듣지도 않고 왜 성적표를 찢어서 가져왔냐고 불같이 화내기 시작했다. 덜덜 떨면서 이러저러해서 찢었다고 설명했지만 엄마는 믿지 않았고 결국 옆에 있던 옷걸이로 매타작이 시작되었다. 누구나 자기가 기억하고 싶은 대로 기억한다고, 사실 몇 대 맞지 않았을지도 모르지만 내 기억 속 나는 불도 켜지 않은 어두컴컴한 방에서 흠씬 맞은 불쌍한 아이였다. 엄마가 같은 학교에 다니고 있는 동갑내기 사촌에게 전화를 걸어 확인하고 나서야 모든 상황이 종료되었다. 나는 몹시 억울했지만 어쨌든 성적표를 찢은 건 잘못이라고 생각했기에 방에서 혼자 울고만 있었다.

그 뒤로 미안하다거나 오해였다거나 하는 말도 없이 지나가서 내게는 아직도 이해가 안 되는 사건으로 남아있다. 어쩌면 일진이 사나운 날이라 엄마 기분이 안 좋았거나, 나에게 며칠 동안 쌓여있던 분노가 성적표로 인해 폭발했을 수도 있다. 그저 다른 곳에서 쌓인 나쁜 감정을 나에게 푼 것일 수도. 때린 사람보다 맞은 사람이 기억을 더 잘한다고, 아마 엄마는 다 잊었을 거라고 생각한다.

기억력이 나쁜 내가 10여 년이 지난 이 일만은 생생하게 기억하고 있다. 그렇다고 이제 와서 엄마에게 물어보기에는 좀 겸연쩍다고 해야 하나. 기억을 못 할 수도 있고 만약 미안한 마음으로 기억하고 있다고 해도 내가 아직까지 이 일을 마음에 품고 있는 것에 상처 받지는 않을까 엄마를 걱정하게 된다. 나이를 먹을수록 무뚝뚝한 남편과 세 아이들 틈에서 마음껏 내색도 못 하고 힘들고 외롭게 살았을 엄마의 모습이 점점 눈에 들어와 이런 억울한 일쯤은 그냥 내 마음속에 묻어두자고 다짐한다. 나는 고작 하나인데 엄마의 마음속에는 말 못 한 일들이 얼마나 많을까. 그저 짐작만 할 뿐이다.

하지 못한 말

차마 말하지 못하고 삼킨 말들은 어떻게 될까.

으...

내가 모르는 엄마의 시간

모든 사람에게는 각자의 생각이 있고 각자의 삶이 있다. 지금 이 순간에도 내가 알 수 없는 수많은 삶이 동시에 진행되고 있다는 것은 당연한 일인데도 생각할수록 신기하다. 나는 내가 머릿속으로 느끼는 감정과 생각만 알고 있지만 누구에게나 저마다의 우주가 있다. 남들 때문에 이러저러한 힘든 일을 겪더라도 결국 내 삶은 내가 주인공이 되어 펼쳐지기에, 각자가 가지고 있을 삶을 생각하면 마냥 신비롭게 여겨진다.

나에게는 그런 당연하지만 신비로운 삶 중 하나가 우리 엄마의 어린 시절이다. 나는 내가 태어난 이후의 엄마만 알고 있기 때문에, 아니 내가 꽤 많이 자란 이후의 엄마만 알고 있기 때문에 옛날의 엄마를 알 수가 없다. 엄마의 과거가 알고 싶을 때 나는 앨범을 들춰보곤 한다.

우리 집에는 엄마가 정리해둔 앨범이 여러 권 있다. 어렸을 때는 디지털카메라가 아닌 필름 카메라를 써서, 사진을 찍으면 꼭 필름을 맡겨 사진을 인화해야만 확인할 수 있었다. 그렇게 사진을 뽑고 나면 엄마는 사진들을 나누어 나와 둘째, 셋째의 앨범에 각각 넣어주셨다. 독사진은 각자의 앨범으로 들어가고 둘이나 셋이서 같이 찍은 사진은 그중에서 제일 잘 나온 사람의 앨범으로 들어갔다. 내 앨범은 금색, 둘째는 은색, 막내는 은은한 꽃 그림이 그려진 앨범이었다.

우리 앨범 말고도 엄마가 어렸을 때 사진을 모아둔 엄마의 앨범도 있었다. 우리처럼 사진이 많지는 않았지만 흑백사진이나 빛이 바랜 컬러사진 속에서 지금의 나보다 더 어리거나 내 또래인 엄마를 만날 수 있었다. 하지만 나보다 어린 나이의 엄마 사진을 보면서도 왠지 엄마는 '나의 엄마'로 태어나 엄마로서 살아가는 것이 당연한 것처럼 느껴졌다. 뛰어놀고 장난치고 공부하고 고민하고 사춘기도 겪었을 그런 엄마의 삶을 상상하기는 어려웠다. 어린 모습이었어도 내게는 '엄마' 였다.

그런데 결혼을 하고 나를 낳았던 그때의 엄마와 나이가 점점 같아지면서, 엄마도 처음부터 엄마가 아니었다는 사실을 조금씩 깨닫게 되었다. 스물일곱 살의 나는 결혼을 해서 한 집안을 책임지기는커녕 나 자신만 생각하기 바쁜데 지금 내 나이에 엄마는 아이를 낳고 엄마가 되었구나. 서툴고 하고 싶은 것 많고 누군가를 책임지기엔 부족하다고 생각하는 나 같은 엄마가 있었겠구나. 거울 속 내 모습에서 아주 어린 나를 안고 있는 엄마의 모습을 떠올리니 고마움과 미안함이 동시에 밀려온다. 나는 종종 내가 하고 싶은 일이나 내가 살고 싶은 삶을 그려보지만 사실 그 속에 엄마는 없었다. 27년 전 엄마가 그리던 미래에는 늘 내가 있었을 텐데.

엄마의 옛 사진을 볼 때마다 내가 한 번도 보지 못한 엄마를 보고 싶다고 생각한다. 누군가의 아내, 누군가의 엄마가 아닌 할머니와 할아버지의 철없는 딸로서 존재하는 엄마가 보고 싶다. 내가 알고 있는 엄마보다 더 자유롭고 자기 자신만 생각하는 그런 엄마를 멀리서 한 번쯤 지켜보고 싶다. 그리고 어린 엄마가 그리는 꿈과 미래를 온 마음으로 응원해주고 싶다. 엄마가 원하는 삶을 살 수 있도록.

음, 그렇게 되면 내가 세상에 태어나지 않을 수도 있으려나.

우리 집 해결사

옛날부터 우리 집은 아빠 대신 엄마가
무엇이든 뚝딱뚝딱 고치고

끙차

우와ᅵᅵᅵ 우리 엄마 최고ᅵᅵᅵ

무거운 짐도 번쩍번쩍 들어서

우리 집의 해결사 혹은 맥가이버처럼 느껴졌다.

그렇게 언제나 튼튼하게 우리를 지켜줄 것만 같았다.

엄마의 발병

　회사를 마치고 집에 들어서는데 나를 붙잡는 동생 표정이 심상치 않았다. "왜 그래, 무슨 일인데, 엄마 안 좋대?" 연신 물어보니 결국 울음을 터뜨리며 말한다. "엄마 암이래. 유방암." 이런 상황에서 당사자인 엄마에게 무슨 말을 해주어야 할까. 어떤 행동이 필요한 걸까. 어떻게 해야 엄마 마음을 조금이라도 위로할 수 있을까. 난 그저 "엄마…" 하고 부르며 우는 것밖에 할 줄 아는 게 없었다. "괜찮아. 엄마는 괜찮아." 침착하게 대답하는 엄마의 얼굴에서 감정을 참고 억누르려는 것이 보였다.

　며칠 후 엄마가 가슴이 아파서 병원에 간다고 했다. 진료 예약은 이틀 뒤인데 그 전에 한 번 더 진료를 받으러 가는 것이었다. 그동안 엄마가 내색을 하지 않아서 아프지 않은 줄 알았다. 수술도 한 달 정도 뒤에 한다고 해서 괜찮은 줄 알았다. 알고 보니 대기 인원이 많아 그때 하는 것이고, 그나마도 진단을 받은 개인병원 소개로 간 거라 빠른 편이었다. 보통은 넉 달은 기다려야 했다. 결과를 기다리는 며칠이 꽤나 길게 느껴졌다.

맏딸이라고 있는 게 아픈 엄마 몸도 제대로 챙기지 못했다고 자책하면서도 내심 아니라고 믿고 싶었고 그렇게 생각하고 있었던 것 같다. 오진이라고, 간단한 수술이면 금방 나을 거라고, 검사 결과는 괜찮을 거라고 멋대로 생각했지만 정밀검진 결과 역시 암이 맞았다. 회사에서 동생이 보낸 문자를 받았는데 엄마가 암이 맞고 폐와 간에도 뭐가 보여서 검사를 더 받아야 한다고 했다. 가슴이 철렁 내려앉았다. 하루 종일 집에 가고 싶다는 생각뿐이었다. 내가 열심히 기도하지 않아서 이렇게 된 것일까.

집에 가자마자 평소보다 요란하게 다녀왔다고 인사하고 엄마를 도와 저녁을 차리면서 이런저런 이야기를 했다. 엄마가 내일도 검사를 받으러 가야 한다기에 심각한 거냐고 물으니 "간에 암이 있으면 간암이지 뭐"라고 아무렇지 않게 대답하는 엄마의 눈가가 촉촉해졌다. 이내 자리에서 일어나 분주히 방을 돌아다니며 창문을 닫는 엄마에게 "기도를 열심히 하니까 괜찮을 거야!"라는 말 같지도 않은 말을 위로랍시고 건넸다.

다행히 폐와 간은 괜찮았다. 엄마는 유방 절제 수술을 받기로 하고 수술을 이틀 앞두고 입원하셨다. 통증이 계속 있다고 해서 우리 모두 걱정이 많았다. 퇴근하고서 엄마와 함께 있는 동생과 먹을 저녁거리를 사서 병원으로 향했다. 복원 수술은 입원 기간도 길어지고 번거로울 것 같아서 안 하는 걸로 해두었다고 하시기에 그래도 하는 편이 낫지 않겠냐고 셋이서 이야기를 나누었다. 수영을 좋아하는 엄마인데 절제 수술을 받고 나면 수영장 가는 것도 불편해질 것이 뻔해 걱정스러웠다.

그때 의사 선생님이 들어와서 우리 이야기를 듣다가 엄마가 복원 수술을 하고 싶어 하자 어이없다는 듯이 웃었다(적어도 내 눈엔 그렇게 보였다). 그렇게 되면 메인이 외과에서 성형외과로 넘어가기 때문에 일정을 다시 짜야 한다며, 외래에서는 안 한다고 하지 않으셨냐고 한다. 결론은 한번 하고 나면 돌이킬 수 없으니 환자분께서 잘 결정해야 한다며 마음 편히 생각해보라는 말을 남기고 떠났다. 하지만 환자를 마음 편하게 해주는 의사는 아니었다.

아픈 몸, 하루빨리 암 덩어리를 제거해버리고 싶은 마음. 복원 수술 후에 일어날 일들에 대한 걱정으로 여러 생각이 겹치는지 엄마는 많이 심란해 보였다. 엄마는 결국 원래대로 절제 수술만 받기로 했고 이틀 뒤 수술이 진행되었다.

다행히 수술은 무사히 끝났지만 암이 림프샘까지 전이되어 림프샘도 떼어냈다. 잘 버텨내는 것 같았던 엄마는 하루에 한 번씩 눈물을 흘렸다. 어느 날은 아빠의 눈물도 보았다. 아빠는 엄마가 아주 강한 사람이라고 하셨다. 하지만 수술을 마치고 회복하는 도중에도 두 분은 돈 이야기를 해야 했고 병실에서조차 언성을 높이고 말았다.

예전에는 '암'이라고 하면 그저 아픈 병, 치료하기 어려운 병으로 여겼을 뿐 별생각이 없었다. 텔레비전이나 책에서 흔하다면 흔하게 보아온 병이지만 나와는 상관없다고 여겼다. 그런데 우리 엄마가 바로 그 암에 걸리고 나니 누구나 걸릴 수 있는 병이라는 것을 새삼 깨닫게 되었다. 그래, 누구나 걸릴 수 있다. 감기처럼. 그리고 감기처럼 깨끗이 나을 수 있을 것이다. 반드시 치료가 잘될 것이라고 믿어 의심치 않는다. 우리 가족 모두가 씩씩한 모습을 잃지 않기를, 엄마가 끝까지 힘을 내주기를 간절히 바랐다. 신이 있다면 우리의 기도가 하루빨리 닿기를. 어떤 상황에서도 웃음과 희망을 놓지 않게 해달라고 정말 간절하게 기도드려야겠다. 무엇보다 그동안 제대로 하지 못한 맏딸 노릇, 맏언니 노릇을 제대로 해내기를 바라고 있다.

수술에서 회복되면 이제 본격적으로 항암 치료가 시작된다.

항암 치료를 시작하다

엄마와 항암 치료 상담을 받으러 병원에 다녀왔다. 엄마의 암은 5.3센티미터였고 림프샘에 전이가 되어 42개의 림프를 떼어냈다. 림프샘에 전이되었기 때문에 엄마의 암은 3기다. 3기는 다시 A, B, C의 세 단계로 나뉜다. 전이된 림프가 4개, 9개, 10개 이상인 것이 그 기준인데 엄마는 42개라 C단계다. 10개 이상이면 대부분 재발한다고 한다. 재발률은 80~90퍼센트. 항암 치료를 받으면 40~50퍼센트 정도로 재발률을 줄일 수 있다.

며칠 뒤 방사선 치료에 대해 설명을 듣고 여러 가지 검사를 받았다. 또다시 며칠이 지나고 드디어 첫 항암 치료일이 다가왔다. 항암이라고 하면 창백한 얼굴에 머리가 다 빠져서 모자나 두건을 쓰고 있는 모습, 구토하는 모습이 내가 가지고 있던 이미지였다. 그런 모습들을 보면서 얼마나 괴롭고 힘들까 하는 생각은 들었지만 그래도 어디까지나 다른 사람의 일이었다. 몇 달 전까지는 엄마에게도 다른 사람 일이었을 텐데, 이제는 엄마 자신이 겪어야 한다.

항암 치료를 하루 앞두고 엄마는 가위에 눌렸다며 혼자 자기 싫다고 말씀하셨다. 자식들 앞이라고 내색은 안 하지만 얼마나 걱정될까. 가족은 언제든 힘이 되어주는 존재라고 하지만, 이런 상황에서 아픔과 두려움을 마음껏 표현하기보다는 참는 모습을 보여야 하는 엄마에게 우리가 짐처럼 느껴지는 않을까. 내가 도움이 될 수 있기를 바라지만 내 앞에서 엄마는 아프다는 소리도 마음대로 하지 못할 것 같다. 강한 만큼 여리고 여린 만큼 강한 우리 엄마. 그날 밤은 다 같이 나란히 누워 잠을 청했다.

　항암 주사실에는 많은 암 환자분들이 있었다. 모두가 나란히 병원 의자에 기대어 링거를 통해 주사를 맞고 있었다. 고요하고 조용했다. 엄마는 아직 머리카락이 있지만 대부분 두건이나 모자를 썼다. 그 사이에 앉아 인상을 쓴 채로 눈을 감고 주사를 맞는 엄마의 모습이 낯설었다.
　첫 항암 치료를 받고 며칠이 지난 어느 날 아침, 엄마가 열이 난다며 둘째를 깨워서 급히 일어났다. 항암 치료 상담을 받을 때 항암을 받으면 일정 기간 동안 면역력이 낮아져서 열이 나면 치명적이니 꼭 응급실로 오라고 설명을 들은 터였다. 더 빨리 일어날걸. 알람이 울렸을 때 일어날걸. 엄마는 새벽부터 열이 났음에도 우리를 깨우지 않고 혼자 끙끙거리며 아침을 준비하고 막내를 등교시켰다. 우리 엄마, 정말 못 말린다. 우리를 깨웠어야지.

한 시간 정도 있다가 다시 열을 재보니 여전히 열이 높아서 병원에 전화를 하고 응급실로 향했다. 요즘 신종 플루로 사망한 일들이 있어 덜컥 겁이 났다. 혹시 나도 모르는 사이에 신종 플루에 감염되어 엄마에게 옮긴 것은 아닐까? 엄마도 아픈데 적당히 돌아다녔어야 하는데, 때늦은 후회를 했다.

응급실은 초만원이었다. 침대는 30개뿐인데 환자가 80명이었다. 피검사, 엑스레이, 신종 플루 검사를 하고 주야장천 기다리다 항생제와 면역강화제를 맞고 또 기다리고, 다 맞고 나면 새로운 약을 다시 맞고 하다 보니 거의 10시간이 흘렀다. 여전히 응급실에는 대기 환자가 많아 침대 없이 딱딱한 대기실 의자에 앉아있는 엄마를 보니 어떻게 해줄 방법도 없고 마음만 조급해졌다. 엄마의 환자 나이에 적혀있는 숫자 '50'을 보면서도 참 많은 생각이 들었다.

11시간이 지나서야 엄마는 침대를 배정받고 겨우 몸을 누일 수 있었다. 잠시 후 잠이 든 모습을 보니 다행이라는 생각이 들었다. 옆 침대 아주머니와 아저씨가 말을 많이 하시긴 했지만 응급실 안도 꽤 잠잠했다. 여기에 있으니 아픈 환자도 고생이지만 보호자도 고생이었다. 나야 젊으니까 대충 불편하게 밤을 새도 그럭저럭 괜찮지만 나이가 많으신 분들도 보호자 침대가 없어 의자에 앉아 주무셔야 했다.

어느덧 새벽 1시가 되었다. 조명이 약간 어두워졌다. 응급실 안에는 보호자 한 명만 들어갈 수 있어서 동생은 대기실에 있고 내가 엄마 곁을 지켰다. 세 번째 항생제를 맞는 엄마를 보며 다음부터는 응급실에 올 때 트레이닝복을 입어야겠다고 다짐했다. 아니, 다시 응급실에 올 일이 없어야겠지.

엄마는 항암 치료 이후 면역력이 떨어진 데다 백혈구 수치마저 바닥을 친 상태에서 열이 38도까지 올라 몹시 위험한 상황이었다. 다행히 열은 점점 내렸지만 결국 하루 더 입원해야 했다. 그리고 입원해 있는 동안 엄마의 머리가 빠지기 시작했다. 당연한 현상이었지만 역시 알고 있는 것과 직접 겪는 것은 많이 달랐다. 엄마가 부디 의연하고 씩씩하게 받아들일 수 있기만을 바랐다. 병원에는 간이 이발소가 있었다. 엄마는 퇴원하면서 그곳에서 머리를 밀었다. 엄마는 처음부터 끝까지 눈을 꼭 감고 있었고, 그 모습을 지켜보던 나와 동생이 울고 말았다.

퇴원하고 며칠 동안 엄마의 빡빡머리는 조금 자랐지만 동시에 그 짧은 머리가 꾸준히 빠졌다. 사골 국물을 전해주러 온 외숙모가 엄마를 보고선 눈물을 글썽이며 돌아가셨다. '환자' 같아 보이는 데 머리카락이 주는 영향은 몹시도 컸다. 아니 전부라고도 할 수 있겠다.

항암 치료는 힘들고 괴로운 일이었다. 엄마도 처음엔 괜찮았지만 며칠 지나자 속도 안 좋고 입안이 자꾸 마르는 느낌이 든다고 하셨다. 항암 시작과 더불어 먹게 된 약들도 엄청 많았다. 다음 항암 치료까지 먹어야 할 약이 산더미였다.

엄마의 잠든 모습을 보고 있으면 숨을 쉬고 있는지 확인하게 된다. 한 번, 두 번, 세 번. 오르락내리락하는 엄마의 몸을 확인한 뒤에야 안

심한다. 문득문득 엄마가 암이구나, 싶을 때가 있다. 그냥 말 그대로 문득문득. 그렇게 문득 떠오르면 울 것만 같아 엄마 앞에서는 조심한다. 엄마가 안쓰럽다. 지금을 더 행복하게 해드려야겠다.

분리수거

금요일은 재활용 쓰레기를 버리는 날이다.

우리를 하면 안 되는 엄마가
분명히 우리를 깨우지 않고 버리러 갈 것 같았다.

일찍 일어날 자신이 없어 그냥 잠을 안 자기로 했다.

라디오에 밤새는 사연도 올려놓고
읽어주기를 기다리면서 지새우는 밤.

사연은 방송되지 못 했지만
재활용 버리기 미션은 무사히 수행할 수 있었다.

그리고 기절.

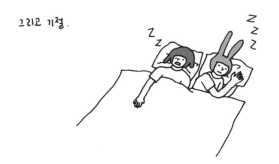

평범하게, 무사하게

오랜만에 가족 여행을 떠났다. 장소는 강원도 평창에 있는 리조트. 얼마 만에 다 같이 떠난 여행인지 모른다. 리조트에는 스키점프대도 있었는데, 여름이라 눈 덮인 모습을 볼 수는 없었지만 영화 〈국가대표〉 OST가 배경음악으로 흘러나오고 있었다. 카페가 있다고 해서 올라가본 스키점프대는 높이와 기울기가 아찔했지만 그 위에서 내려다본 리조트의 야경은 아름다웠다. 리조트를 돌아다니며 4인용 자전거도 타고 분수도 구경하며 여름밤을 즐겼다.

여행 내내 맛있는 것도 많이 먹었다. 속초 시장에서 만석 닭강정을 살 때는 꽤 긴 줄을 서야 했는데, 다음 날 아침까지 바삭한 닭강정을 먹으며 안 기다렸으면 아쉬울 뻔했다고 온 가족이 입을 모았다. 산속 식당에서 먹은 콩가루를 뿌린 송어회도, 바닷가를 걷다가 먹은 물회도 모두 맛있었다. 모처럼 평화롭고 즐거운 시간이었다. 아직 머리가 자라지 않은 엄마는 무더운 날씨에도 여행 내내 가발을 쓰고 다녔다. 그래도 길고 긴 항암 치료는 무사히 끝났고, 우리는 모든 음식을 같이 먹을 수 있었다.

엄마와는 종종 나들이를 다녔다. 프리랜서로 일하니 바쁘지 않을 때는 평일 시간을 쓸 수 있어서, 어느 날 문득 같이 파주까지 다녀오기도 하고 텔레비전에서 맛집이 나오면 의기투합해 먹으러 갈 때도 있었다. 영화를 좋아하는 엄마를 따라 영화관도 가고, 내가 보고 싶은 전시회가 있을 때 함께 가기도 했다. 나는 그렇게 말이 많은 편이 아니라서 엄마와 둘이 있을 때면 침묵의 순간이 종종 찾아왔지만 엄마와는 그런 순간들도 불편하지 않아서 좋았다. 말없이 멍한 순간도 편했다. 어쩌면 엄마는 심심했을까? 그래도 난 좋았다. 어렸을 때처럼 서로 날을 세우는 일도 거의 없었고, 적당히 조심하고 적당히 배려했다.

얼마 전 우리는 아파트에서 빌라로 이사를 왔다. 원래 살던 집의 3분의 1 정도 되는 집인데, 제일 작은 방은 옷 방으로 쓰고 두 번째 방에는 엄마 아빠의 침대를 두었다. 제일 큰 방에는 텔레비전과 책상을 두고 두 동생과 내가 쓴다. 거실은 없지만 부엌이 널찍하고 방마다 벽걸이 에어컨이 있다. 주인집 아들 내외가 신혼집으로 썼던 곳이라 그런지 집도 깨끗했다.

어느 초여름 날 엄마와 나가서 점심을 먹었다. 새로 이사 간 동네에는 조금만 걸어 나가면 식당들이 많았다. 메뉴는 기억나지 않지만 어쩌면 우리 둘 다 좋아하는 냉면을 먹었을지도 모르겠다. 슬슬 걸어서 배불리 먹고 돌아온 집은 초여름이었지만 선선했고 동네는 조용했다.

누가 먼저랄 것도 없이 엄마와 나는 방에 누웠다. 나른나른. 우리는 곧 나란히 잠이 들었다.

엄마가 아플 때는 병이 낫기만 하면 모든 게 해결될 것만 같았다. 엄마의 투병은 우리 가족에게 있어 전에 없던 큰일이었지만, 시간이 흘러 완치 판정을 받고 건강을 되찾게 되자 그것조차 일상의 기억으로 남았다. 커다란 상처가 없어지고 난 다음에는 그다음으로 큰 상처가 다시 눈에 들어왔다. 우리 가족에게는 여전히 많은 문제들이 남아있었다.

그래도 우리 가족은 여전히 함께 있다. 슬픈 일도 기쁜 일도 엄마가 살아있기에 함께할 수 있다. 지금 엄마와 함께하는 소소한 순간들, 맛있는 음식을 먹고 함께 낮잠을 자고 여행을 다니는 순간순간이 소중하고 기적 같은 일이다. 그렇게 생각하면 우리 가족에게 남은 다른 문제들은 그리 심각한 것이 아닐 수도 있다.

물론 이 순간의 소중함을 기억하는 시간보다 그렇지 않은 시간이 훨씬 더 많다. 살다 보면 더 많은 소중함을 잊고 살게 될 것이다. 하지만 문득 잠깐이라도 일상의 소중함을 곱씹는 순간들이 나로 하여금 엄마를 한 번 더 돌아보게 만들고, 힘든 시간을 잘 이겨낼 수 있는 힘을 줄 것 같다. 잃고 나서 뒤늦게 소중함을 깨닫고 후회하는 사람이 되지 않았으면 좋겠다.

오늘 하루도 평범하게, 무사하게 지나간다.

비 오는 날

비 내리는 월요일에는

엄마가 만들어주는 부침개 + 떡볶이와

동생이 사오는 막걸리.

8세, 9세 일기

1992년 11월 20일 금요일. 맑음

제목: 책

책을 사러 갔다. 63빌딩에 갔다. 나의 책 제목은 『첫사랑은 유리병 속에』이고 소라의 책 제목은 『명랑한 클라라와 신데렐라』이다. 차에서 책을 조금 봤는데 재미가 있었다. 엄마께서 "벌써 첫사랑을 읽니? 첫사랑을 하려면 아직 멀었는데" 하고 말하셨다. 나는 마음속으로는 속상했다.

1993년 1월 8일 금요일. 추웠다

제목: 소현이 보기

엄마께서 오늘도 피아노 학원에서 일찍 오라고 하셨다. 그래서 피아노 학원에서 빨리 치고 왔다. 엄마께서 소현이(막내)가 깨면 같이 놀아주라고 하셨다. 엄마께서 "뭐 사 갖고 올까?" 하고 물으셨다. 나는

"치킨이랑 딸기우유 사주세요" 하고 말했다. 소라(둘째)가 "나도 언니랑 똑같이 사주세요" 했다. 엄마께서는 슈퍼에 가셨다. 엄마께서 슈퍼에 가셔서 나는 공부를 하는데 소현이가 깨서 놀고 있는데 대문 쪽에서 '띵동 띵동' 하고 소리가 들렸다. 소라가 얼른 가서 "누구세요" 하고 말했다. 밖에서 "야쿠르트예요" 해서 야쿠르트를 받고 노는데 밖에서 또 '띵동 띵동' 하고 소리가 들려서 "누구세요" 하니까 "엄마다" 해서 얼른 문을 열었다. 엄마가 슈퍼에 갔을 때 소현이를 보는 게 너무 너무 힘이 들었다. 왜냐하면 소현이가 아무거나 주워 먹고 종이를 찢어서 먹었기 때문이다. 애기 보기는 정말정말 힘이 들었다.

1993년 4월 13일 화요일. 맑음
제목: 김밥

오늘은 엄마께서 내가 밥을 하도 안 먹어서 김밥을 싸주셨다. 우리 엄마께서는 김밥을 잘 싸셔서 우리가 밥을 안 먹을 때 엄마께서 김밥을 싸주신다. 그리고 그 김밥으로 소라랑 내가 누가 더 많이 먹나 시합을 하기도 했다. 그리고 엄마께서 소라한테 김밥을 그만 먹으라고 했는데 소라는 계속 먹었다. 오늘은 김밥 맛이 다른 때보다 더 맛이 있었다. 우리 엄마는 세상에서 김밥을 제일 잘 만드는 것 같다.

1993년 10월 25일 월요일. 맑음

제목: 청소

엄마께서 청소하는 약을 뿌리고 문지르고 걸레로 문지르고… 한 번에 세 개를 하는 엄마의 모습을 보니 힘들어 보였다. 나는 엄마의 모습을 보니 도와드리고 싶었다. 그래서 내가 문지르는 걸 했다. 그러자 소현이가 샘이 나는지 자기도 한다고 했다. 그래서 엄마께서 다른 것을 소현이한테 주셨다. 소현이도 즐거운지 청소하는 약을 안 뿌린 데도 자기 마음대로 닦았다. 엄마께서 걸레를 빨 때 소현이가 화장실 바닥을 막 닦았다. 엄마와 나는 우스워서 호호호, 하하하 웃었다. 청소는 즐겁다. 또 청소하는 소현이가 정말 귀엽다.

2장

그렇게 언제나

엄마와 훈버터의 첫 만남

훈버터와 사귄 지 얼마 되지 않은 여름날이었다. 차를 가지고 나온 훈버터를 홍대 앞에서 만났다. 차가 없던 훈버터는 종종 어머니의 차를 빌려 오곤 했다. 우리가 만나고 조금 뒤 훈버터의 어머니에게서 전화가 왔다. 근처에 있는데 멀지 않은 약속 장소까지 태워다 줄 수 있는지 묻는 전화였다. 딱히 정해진 일정이 없었기에 그러기로 하고 어머니가 계신 곳으로 갔다. 처음으로 훈버터의 어머니를 만나 뵙게 되어 얼마나 긴장되던지!

차에 타신 어머니를 뵈자마자 훈버터와 너무나 닮아서 한 번 놀라고 밝은 에너지가 넘치시는 모습에 두 번 놀랐다. 데이트하는 데 방해해서 미안하다고, 택시비로 500원을 준비했다며 농담을 건네시는 유쾌한 분이었다. 조용하고 내성적인 우리 엄마와는 많이 다른 모습이었다. 말이 별로 없는 우리 가족들과 달리 훈버터와 어머니 사이에는 이동하는 내내 대화가 끊이지 않았다. 엄마를 닮아 낯을 많이 가리는 나는 어색함에 이야기도 잘 못 하고 묻는 말에 대답만 했는데, 나중에 훈버터에게 전해 들으니 다행히 첫인상을 좋게 봐주신 것 같았다. 그래도 좀 더 살갑게 굴었으면 좋았을 텐데, 좀 더 예쁘게 보였으면 좋았을 텐데 하고 아쉬움이 남는 짧은 첫 만남이었다.

엄마와 훈버터의 첫 만남은 여름이 끝나갈 무렵에 이루어졌다. 당시 훈버터는 동생과 함께 디자인 회사를 만들어 직접 디자인한 공책을 팔았다. 회사를 다니면서 디자인 회사도 운영하는 투잡족이었던 셈이다. 가끔 해외 디자인 전시에도 참여하곤 했는데, 덴마크 코펜하겐에서 전시가 있다며 전시도 보고 여행도 할 겸 같이 가면 어떻겠냐는 훈버터의 제안에 고민이 시작되었다. 마침 아르바이트하던 회사 일도 끝나가고 있었고 북유럽은 한 번도 가보지 못한 터라 좋은 기회였다. 여행 경비는 그동안 일하면서 모은 적금이면 넉넉하지는 않아도 괜찮을 것 같았다. 하지만 과연 엄마가 허락을 해줄지는 알 수 없었다.

우리만 가는 게 아니라 다른 친구들도 가고, 핀란드 헬싱키에 사는 훈버터의 동생 부부도 전시에 같이 참여한다고 엄마에게 조심스레 말을 꺼냈다. 둘만의 여행이 아니라 그런지 마침내 엄마가 허락을 해주었고 수월하게 여행을 준비하기 시작했다. 그런데 훈버터가 아무래도 엄마를 직접 찾아뵙고 말씀드리는 게 좋을 것 같다고 하기에 저녁식사 약속을 잡았다.

그날은 비가 많이 내렸다. 엄마와 함께 훈버터를 만나러 가는 길. 내가 연애를 시작할 때부터 여덟 살이라는 나이 차이를 계속 걱정했던 엄마였기에 실제로 만나면 훈버터를 어떻게 볼지, 기대도 되고 설레기도 하고 조금 걱정도 되었다. 비가 내려 차가 많이 막히는 바람에 약속 시간이 지나서야 식당에 도착했다. 평소에 티셔츠를 즐겨 입던 훈버터는 셔츠를 입고 있었다. 엄마와의 만남에 신경을 쓴 그 모습이 좋았다. 식사를 하는 동안 훈버터는 엄마가 어색해하지 않게 대화를 이끌어나갔고 엄마도 편하게 이야기를 했다. 아무래도 대화 주제는 주로 나에 관한 것이 많았다. 내가 사랑하는 두 사람의 만남을 지켜보는 일은 긴장되면서도 즐거웠다. 식사를 마치고 엄마는 둘이 데이트하고 오라면서 먼저 집으로 돌아갔다. 우리는 빗속에서 우산 하나를 나눠 쓰고 엄마가 가는 모습을 보았다.

그날 밤 집에 돌아와 엄마에게 어땠는지 물어보았다. 이야기를 나누어보니, 그동안 생각했던 것보다는 훈버터를 괜찮게 본 것 같았다. 여행을 간다고 직접 만나서 이야기한 것도 믿음을 주는 데 일조한 듯했다. 엄마는 "사진보다 젊어 보이더라" 하고 말했다.

연인이 되면서 우리는 그 누구보다 가까운 사이가 되었다. 시시콜콜한 일도 틈만 나면 연락을 주고받으며 공유했고, 자투리 시간이나 여유 시간은 언제나 함께하려고 했다. 우리는 서로 많은 걸 알고 있다고 생각하는 제일 친한 사이였지만 각자의 엄마와 만나면서 서로가 몰랐던 모습을 새롭게 보았다. 지금은 약간 긴장되지만 언젠가는 훈버터의 어머니와 있을 때도 가장 편하고 가장 나다운 모습으로 있게 되지 않을까? 이렇게 자라왔구나 하고 내가 모르는 훈버터의 시간을 아주 조금 상상해볼 수 있게 되는 것 같다. 마찬가지로 엄마도 훈버터와 있는 내 모습을 보면서 그동안 몰랐던 나에 대해 알게 되었을 거라고 생각한다.

모두가 기분 좋게, 무사히 잘 끝난 두 번의 첫 만남이었다.

독립

요즘 집에서 나와 따로 살고 있다.

혼자 사는 건 아니고 둘이서.

냠냠냠

> TV가 없어서 인터넷으로
> 실시간 TV를 본다.

결혼이 얼마 안 남은 예비부부가 되었다.

우리 집

'우리 집'이 어디인지 말하기 조금 어려운 요즘이다. 신혼집을 구해 훈버터와 함께 살고 있지만 아직도 나에게 우리 집은 부모님과 동생들이 살고 있는 봉천동 본가라고 말해야 할 것 같다.

지금은 새벽 3시. 2011년에서 2012년이 되었고 12월에서 1월이, 31일에서 1일이 되었다. 마지막 날은 훈버터와 봉천동 집에 가서 온 가족이 다 함께 저녁을 먹고 텔레비전을 보고 카드를 치며 놀았다. 우리 가족, 그러니까 엄마와 아빠, 동생들, 강아지 봄이 사이에 자연스럽게 함께하게 된 훈버터의 모습이 낯설면서 신기하고 즐겁다. 재미있게 놀다가 둘째는 약속이 있다며 외출했고 훈버터와 나는 신혼집으로 돌아왔다.

집에는 엄마, 아빠, 막내, 봄이만 남아있다고 생각하니 어쩐지 기분이 쓸쓸해졌다. 결혼을 하게 되어 가족이 늘었다고 생각했는데 정작 우리 집에 남아있는 사람은 줄어들게 되었다. 또 다른 가족이 생긴다는 것은 마냥 즐거운 일만은 아니었다. 요즘의 나는 정말이지 봉천동 집에 있는 시간이 굉장히 적어졌다.

그래서 그런지 요즘은 봉천동 우리 집이 너무 좋다. 우리 가족 중에 나만 여기 방배동 신혼집에 있다는 게 새삼스레 어색하다. 오늘도 왠지 친정집에 더 머물고 싶었다. 이상하다. 20대부터는 떠나고 싶었던 순간이 많은 집이었는데. 정말로 엄마 아빠 품에서 벗어났다는 생각과 동생들과 더 이상 함께 살고 있지 않다는 생각에 마음이 몹시도 허전해졌다. 나를 제일 좋아했던 봄이도 그렇고. 어쩌면 같이 살고 있지 않기에 서로 좋은 모습만 보여주고 있어 그런지도 모르겠다. 비가 오나 눈이 오나 집 밖까지 따라 나와 우리 차가 안 보일 때까지 서있는 엄마 아빠의 모습은 왜 그렇게 마음에 콕 박히는지. 차에서 멀어지는 부모님의 모습을 지켜보는 그 순간이 갈수록 어려워진다.

시골 친할머니 댁에 놀러 갔다가 집으로 돌아오는 날이면 할머니는 차를 세워둔 마을 입구까지 따라 나오셨다. 인사를 하고 차가 출발하면 할머니는 그제야 눈물을 훔치셨는데 어린 마음에도 그 모습이 슬퍼 차 안에서 따라 울고는 했다. 멀리 산다는 이유로 명절 때만 찾아뵈어서 만나면 어색한 할머니인데도 헤어질 땐 늘 눈물이었다. 연세가 더 드시고 다리가 아파 마을 입구까지 나오기 어려워지자 집 앞 담벼락에 걸터앉아 멀어지는 차를 지켜보셨는데, 그건 더 슬픈 장면이었다. 어렸을 때는 자식들이 모두 각자의 집으로 돌아가고 시골집에 홀로 남겨지게 된 할머니의 마음만 보였다. 그런데 커갈수록 할머니를 집에 홀로 두고 돌아와야 하는 아빠의 마음이 점점 보이기 시작하는 것 같다. 아빠의 '우리 집'에는 이제 할머니만 남았다.

생각해보면 엄마 아빠의 자식으로 태어나 한집에서 서로 부대끼며 살았던 시간보다 서로 떨어진 채 보낼 시간이 더 많이 남아있다. 어느 순간부터 '우리 집'이 몸과 마음이 편하지 않은 곳이 되어버렸을까. 한집에서 살면서 부딪치고, 등 돌리고, 미워하고 싶어도 마음껏 미워할 수 없었던 그런 시간들도 사실은 소중한 순간이라고 여겼어야 했던 걸까.

왠지 마음이 싸-한 밤이다.

결혼이라니

"난 결혼 안 할 거야. 너네도 결혼하지 말고 계속 나랑 놀자."

내가 친구들을 만나면 종종 하던 말이었다. 결혼은 당연히 해야 하는 것이라고 생각하고 살았는데 어느 순간부터 결혼은 굳이 할 필요 없는 것, 행복과는 거리가 먼 것으로 변했다. 여러 가지 이유가 있었지만 가장 큰 이유는 가까이에서 지켜본 부모님의 결혼생활이 결코 행복해 보이지 않았기 때문이었다. 물론 좋은 시간들도 있었다. 하지만 우리가 커갈수록 좋은 시간보다는 안 좋은 시간이 압도적으로 많아졌다. 서로 더 행복해지려고 한 결혼인데 함께한 시간만큼 행복한 부부는 주변에서 보기 어려웠다. 서로가 아니라 아이 때문에, 정 때문에 같이 살아야 한다는 것은 더더욱 결혼을 꺼리게 만들었다.

게다가 둘이 좋아서 한 결혼에는 그 대가로 너무 많은 관계가 따라왔다. 시부모님, 시댁 식구들은 물론이고 거기에 아이까지 낳게 된다면…. 좋든 싫든 맺어야 하는 많은 관계들과 그에 따른 책임을 질 자신이 없었다. 나는 사람들과 편하고 쉽게 관계를 맺지 못하는 편이었다.

꽤 오랜 시간 동안 했던 연애가 끝나고 사랑에 대한 의심도 많아졌었다. 과연 세상에 변하지 않는 사랑이 있는 걸까?

이렇게 결혼을 부정하며 독신주의를 말하고 다니던 나였는데, 옛말에 틀린 말 하나 없다더니 친구들 중에 제일 먼저 결혼하게 되었다. 주변에 구체적으로 결혼을 생각하는 친구가 아무도 없었기에 내 소식은 친구들 사이에서 매우 놀라운 사건이었다. 함께 점심식사를 하다가 이야기를 들은 한 친구는 소화가 안 된다더니 결국 그날 병원까지 찾았다고 했다. 친구들은 '결혼할 사람은 정말 한눈에 알아보는 거냐' '후광이 비치더냐' '언제 결혼을 결심했냐' 등등 궁금한 것이 많았다.

내가 어떻게 결혼을 결심하게 되었냐면, 남편이 결혼을 해야겠다고 결심하고 내게 결혼하자고 말을 해주었기 때문이다. 허무 개그 같은 말이긴 하지만 사실이다. 결혼을 하기 싫어하는 나의 마음, 그동안 겪어본 나의 성격, 그리고 우리 집안 사정까지 어느 정도 알고 있으면서 그럼에도 이런 나와 평생 함께하고 싶다고 생각했다는 것에 큰 감동을 받아버렸다. 찔끔 나오는 눈물 딱 한 방울과 함께.

훈버터는 원하는 것이 있으면 이루어질 때까지 이야기하고 또 이야기하는 진득함(?)을 가지고 있었다. 그 전부터 결혼에 대한 이야기가 자연스레 몇 번 나왔는데, 그때마다 내가 몸서리를 치기 시작하면 그만했다가 잊을 만하면 다시 이야기를 꺼내곤 했다. 나도 모르게 세뇌를 당했나? 그랬을지도 모르겠다. 하지만 그 당시에 훈버터와 둘이서 작업실 생활을 하며 좋아하는 사람과 한 공간을 꾸미고 같은 일상을 공유하고 함께 시간을 보내는 일에 많은 호감을 느끼고 있었다. 이렇게 살면 좋겠다는 생각이 나도 모르게 들었다. 우리가 처음 만나 사귀기까지 6개월 정도가 걸렸는데, 오랜 시간을 봐온 것은 아니지만 늘 한결같은 그의 모습도 좋았다. 무엇보다 정말 어른처럼 나의 모든 것을 이해해주고 받아준다고 느꼈다.

그런 시간들이 있었기에 정말 눈곱만큼도 예상하지 못한 순간에 프러포즈를 받았어도 한 치의 망설임 없이 "응!"이라고 대답한 것은 자연스러운 일이었다.

결혼해서 한 침대에서 잠들고 눈뜨고 거의 모든 여가를 함께하는 일이 즐겁다. 특히 외출했다가 밤늦게 함께 집에 돌아오는 일, 아침 일찍 일어나 조조영화를 보러 같이 움직이는 일은 우리가 정말 같이 살고 있구나 하고 느끼게 해준다. 우리 가족과 남편 사이에서, 남편과 시댁 식구들 사이에서 새로운 관계에 적응하고 주어진 역할을 잘해야 한다는 압박은 조금 느끼지만 걱정했던 것보다는 평온하게 흘러가고 있다. 남편과 나의 관계도 아직 연애의 연장선상에 있는 것 같아 크게 달라진 점도 느낄 수 없다.

물론 아직 신혼이고 세상의 모진 풍파를 함께 겪어보지 않았기에 꿈속에 살고 있는 것일 수도 있다. 절대 그런 일이 없기를 바라지만 먼 훗날 '그래, 역시 젊은 날의 내가 맞았어, 결혼은 아니야' 하고 후회할지도 모른다. 그리고 오래오래 행복하게 살았습니다, 로 우리 이야기를 잘 마무리 지으려면 앞으로 더 많은 노력이 필요할 것이다.

엄마와 아빠도 겉으로는 안 좋아 보였을지라도 그 속 깊은 곳에는 서로에 대한 사랑이 있기에 긴 시간을 함께해왔고 지금도 함께하고 있는 걸까. 태어났을 때부터 가족이라는 테두리 안에서만 봐와서 몰랐는데, 엄마와 아빠도 우리가 연애하고 사랑하듯 그런 복잡한 남녀 사이였던 것이다. 지금의 나와 남편처럼 말이다. 부모님이 서로로 인해 힘들어할 때 내가 할 수 있는 일은 친구에게 하듯 그저 이야기를 잘 들어주는 것일지도 모르겠다. 두 분의 관계 속에서 이리저리 휘둘릴 것이 아니라.

아무튼 나의 인생관을 깨트려버린 결혼에 아직까지는 후회가 없다.

찬밥

그저께 해 놓은 밥
아직도 먹고 있어.

엄마
참기름하고 깨소금하고
소금 뿌려서 비벼 먹어.
김 싸서 김치하고.

오, 그런
방법이.

깨소금이 깨+소금이 아니라
그냥 깨라는 것을 처음 알게 된 날.

어쩌다 임신

연애할 때 우리에게는 홍대 앞의 작업실이 있었다. 저렴한 곳으로 찾다 보니 홍대 바로 근처는 아니었고 창전동 골목에 위치한 빌라 1층이었다. 홍대와 신촌 중간 즈음이었는데 나름 작은 작업실과 카페, 사무실 건물이 모여있었다. 훈버터가 판매하던 노트 재고를 보관할 창고 겸 사무실이 필요해서 구한 곳이었다. 덕분에 나는 월세 한 푼 안 내고 작업실 생활을 할 수 있었다. 아침마다 작업실로 출근해 이런저런 작업들을 하고 있으면 퇴근한 훈버터가 작업실로 왔다. 훈버터는 일주일에 세 번만 회사에 출근했는데 출근하는 날은 저녁 시간을, 출근하지 않는 날은 거의 하루 종일을 작업실에서 보냈다.

우리는 날씨가 좋은 날이면 서강대교를 걸어서 건너가 여의도에서 버스를 타고 집으로 돌아가곤 했다. 그 길에는 언제나 대화가 끊이지 않았다. 어느 날은 이런저런 이야기 끝에 결혼 이야기가 다시 나왔고 나는 결혼이 하기 싫은 이유들을 말했다. 누군가와 새로운 관계를 맺는 것이 부담스럽고 싫다고. 게다가 결혼으로 맺은 관계들은 싫으면 그만둘 수 있는 성질이 아니라 또 다른 가족이 생기는 것이나 마찬가지인데, 그에 따르는 책임이 싫다고. 나에게 가족은 그 이름만으로 힘이 되기도 했지만 때로는 절대 내려놓을 수 없는 짐처럼 느껴지기도 했다. 나와 내 가족만 바라보고 살기도 힘든데 아이를 낳아서 그 아이의 인생까지 책임지며 살아갈 자신이 없었다. 부족하고 이기적인 나는 좋은 부모가 될 수 없다고 생각했다. 훈버터는 "그럼 아이를 낳지 않고 살면 되잖아"라고 했고 나는 결혼을 하고 아이를 낳지 않고 살아가는 것은 쉬운 일이 아니라고 대꾸했다. 결국은 아이를 낳게 될 테고, 나는 후회하지 않을 자신이 없었다. 훈버터는 아이들을 좋아했다.

그랬던 내가 결혼하고 2개월 만에 임신을 하게 되었다. 맙소사. 결혼부터 임신까지 이렇게 원치 않은 방향으로 흘러가다니. 임신을 처음 감지했을 때 우리는 핀란드 헬싱키를 여행 중이었다. 여행을 시작하면서 왜인지는 잘 모르겠지만 엽산을 잘 섭취해야 한다는 훈버터의 말을 따라 키위와 시금치를 챙겨 먹었다. 결혼에 이어 얼레벌레 훈버터의 2세 계획에 동참하고 있었던 것 같다. 그렇게 우리는 둘이 떠난 여행에서 셋이 되어 돌아왔고 나는 새로운 가족을 맞을 준비를 해나가야 했다.

친구들 중에서도, 가족들 중에서도 첫 번째 임신이었다. 그래서 여기저기에서 축하를 받으며 처음에는 들뜬 기분으로 지냈다. 임신부라는 새로운 역할이 재미있고 신기했다. 그러다가 내 배 속에 아이가 자라고 있으며 다시 되돌릴 수 없다는 것을 깨닫게 되는 순간이 찾아왔다. 산전 우울증이었을까. 아이를 갖고 싶다는 생각을 해본 적이 없어서 더 준비가 안 되었던 걸까. 혼자 굴을 파고 바닥을 칠 때까지 가라앉아있으면 동시에 아무것도 모르는 아이를 향한 미안함과 죄책감이 밀려왔다. 말하지 않아도 한 몸에 있기에 내가 느끼는 것은 전부 느낄텐데. 다른 엄마들은 좋은 생각, 좋은 말만 많이 해줄 텐데. 우울한 생각들은 꼬리에 꼬리를 물고 끝없이 이어졌다. 그래도 그렇게 바닥을 치고 나면 언젠가는 다시 떠올라 평상시의 나로 돌아왔다.

임신에 대한 정보를 얻기 위해 두꺼운 출산대백과 책을 사고 산전 요가를 다니고 구청이나 보건소에서 열리는 산전 교실에 참석했다. 내 배 속에서 내 몸에 있는 영양분으로 사람이 만들어진다니, 나도 그렇게 만들어졌다니. 책 속 사진들을 보면서도 믿어지지가 않았다. 어느 햇볕이 따뜻한 날, 요가를 갔다 돌아오는 버스 안에서 처음으로 태동을 느꼈다. 꼬물. 아주 작은 움직임이었다. 아이가 무럭무럭 자라면서는 남들도 느낄 만큼 배가 불룩불룩 크게 움직였다. 훈버터는 자기도 임신한 기분을 느껴보고 싶다며 부러워했다. 그런 생각을 할 줄이야. 새삼 임신이라는 일에 자부심과 행복을 느꼈다.

모든 일에는 장단이 있다. 임신한 나는 친구들처럼 시끄러운 곳에 놀러 가거나 밤새워 놀지 못했다. 함께 부모가 되어가고 있었지만 훈버터의 몸은 예전 그대로였고 내 배와 엉덩이는 나날이 커졌다. 날이

갈수록 다리가 퉁퉁 부었고 자다가 쥐도 자주 났다. 하지만 그사이 나의 세계는 조금씩 넓어졌고 나만 느낄 수 있는 것들이 조금씩 많아진 것도 사실이었다. 그림일기를 그리기 시작하면서 잠들기 전에 그림으로 사람들과 소통하게 해달라고 기도하곤 했는데, 아기를 가지면서 점점 일기에 담을 수 있는 이야기가 늘어났고 내 이야기에 공감하는 사람들도 조금씩 늘어났다.

누구나 알고 있는 사실이지만 결국 모든 것은 나에게 달려있었다. 주어진 상황을 받아들이고 그 속에서 스스로 행복을 잘 찾아가야 했다. 언제 또 우울함이 나를 찾아올지 모르지만, 그래도 아직까지는 큰일 없이 하루하루를 잘 보내고 있다.

엄마가 예전에 이런 이야기를 했다. 훈버터를 만나고 나서 내 표정이나 여러 가지가 편하고 좋게 바뀌었다고. 남편 덕분에 내가 더 좋은 사람이 되었을까? 아직 만나지는 못했지만 숱이도 내가 더 좋은 사람이 될 수 있도록 만들어줄 것 같다.

혹시나가 역시나

아기의 존재를 처음 느끼게 되었을 때,
우리는 핀란드 헬싱키를 여행중이었다.

입덧과 몸살감기로 존재감을 드러내며 어느 날 불쑥 등장한 아기.

한국에 돌아와 임신테스트기를 해보니 혹시나가 역시나.

그리고 나의 인생 계획에 없던 임신부의 생활이 시작되었다.

임신 생활

어제 훈버터와 순댓국 먹고 나오는 길.

평소랑 똑같이 먹는 것 같은데
16주에 접어드니 몸무게도 자꾸 늘어난다.

무심코 쪼그려 앉으면 배가 땡기고

자다가 무심코 기지개를 켜면 쥐가 나고.

사람들이 태교에 대해 물어본다.

잘 안 먹던 과일에 자꾸 욕심도 생긴다.

병원도 한 달에 한 번밖에 안 간다.

그리고 엄마가 더더욱 존경스러워진다.

태교

어느 날. 선선한 가을 맞아 한강에 밤 나들이 가는 길.

나들이를 다녀온 며칠 뒤. 엄마에게 문자가 왔다.

문자를 보내자마자 바로 전화가 왔다.

지금 '뱀파이어 검사' 보는데
이거 보지 말라구~
피 나오고 잔인한데 왜
보려고 그래.

아...

그런가?

집에 TV가 없어
아직 못 봤다.

뱀파이어 검사는 일단 넣어두고
핸드폰게임을 하고 놀았다.

하트 잔뜩 충전해놨어.
이걸로 나 1등 할 때까지
열심히 해~

알겠어.
나만 믿어.

띵동♪
띵동♪

다음 날.

이런 저런 이야기가 있어도
제일 좋은 건 그저 마음 편하고 즐거운 생활!
스스로 좋은 생각, 좋은 마음을 가지는 수밖에 없다.

거짓말처럼 아이가 생기다 - 훈버터 이야기

부서질 것처럼 작고 가녀린, 아내의 배보다 더 큰 아이가 내 앞에서 쌔근거리며 자고 있다는 사실이 믿기지 않는다. 지난 토요일 새벽, 배 속에 있던 아이를 거짓말처럼 현실에서 만났다.

21:00

퇴근하고 집에 돌아온 9시. 아내가 8시경에 이슬이 비쳤다고 말했다. 이슬이 나오면 보통 24~72시간 후 출산한다. 저녁을 준비하던 아내가 진통을 느끼고 소파에 엎드렸다. 1분 남짓한 진통이 꽤나 강했다며 다시 식사를 준비하는데, 3분이 넘는 참기 힘든 진통이 또 시작되었다. 신기하게도 진통이 없을 땐 아무렇지 않게 편안해한다. 16분, 18분, 5분, 14분. 진통 간격이 불규칙하다. 이런 게 가진통이구나 싶었다. 아직 진진통은 아니겠거니. 아는 거라곤 귀동냥과 출산육아 책에서 읽은 게 전부다. 11시경에 어머니가 다녀가셨다. 중간중간 진통이 있었지만 이제 며칠 뒤면 아이를 만나겠다며 신나했다.

23:30

아이스크림을 먹었다. 조만간 아이가 나오겠다면서 진통이 없는 틈에 만삭 사진도 찍었다. 나중에 또 찍기로 하고 진통 간격이 긴 틈을 타 12시쯤 샤워도 하고 나왔다. 샤워를 하는 도중에 진통 간격이 줄어든 건지 두 번의 아픔이 있었으나 참았다며 소파 앞에 주저앉은 아내의 머리를 말려주었다. 머리를 말리는 도중에도 한두 번 멈춰야 했다. 문득 집을 치워두어야겠다는 생각이 들어 아내가 화장실에 간 틈을 타 설거지를 시작했다.

01:00

화장실을 나오며 병원에 전화 좀 해보라는 아내의 말에 마음이 급해졌지만 두어 개 남은 그릇까지는 마무리하려는 찰나, "오빠, 빨리!!!" 날카로운 아내의 목소리에 후덜덜. 고무장갑이 잘 벗겨지지 않았다(아내는 원래 좀처럼 화를 내지 않는다). 병원에서는 '진통이 규칙적인 5분 간격이어야 한다' '이제 이슬이 나왔으니 아직 아기가 나오려면 멀었다' '병원을 와도 분위기에 질린다'며 집에서 좀 더 있다 오란다. 아내는 우선 나서자며 옷을 챙겼다. 되돌아오더라도 일단 병원에 가보자 싶었다. 진통을 체크한 마지막 시간은 밤 12시 56분.

01:20

새벽 1시 20분경 집을 나서 30분경 병원에 도착한 듯하다. 잘 걷지도 못하는 아내를 데리고 분만실에 들어서는데 병원에서는 너무 일찍 왔다고 집에 돌아가는 사람이 많다며 부정적이다. 아내는 내진하러 들어가고 어머니에게 연락을 드려야 하나 고민했다. 새벽 시간이고 분만까지 얼마나 걸릴지도 모르니. 장모님께는 전화를 드려야 하나 고민하는 순간 간호사가 나를 불렀다. 보호자가 와서 수속을 밟아야 한단다. 그 순간 화면을 캡처했다. 1시 38분.

01:38

이때부터 30분이 매우 생생한데 느낌으로는 꽤 긴 시간이었다. 분만실에 들어서자마자 간호사가 쏟아내는 설명과 동의서들. 이제 곧 아이가 나올 것 같단다. 의사 선생님이 잘 참고 왔다며 앞으로 한 시간 내로 분만할 것 같다고 했다. 모든 것이 급박하게 돌아갔다. 동의서를 확인하고 서명하는데 아내의 신음이 심상치 않았다. 새벽분만 비용에 영양제까지 보호자가 결정해야 할 것이 꽤 많아서 정신없이 모두 동의하고 나서야 분만실에 들어갈 수 있었다. 가운과 모자를 쓰고 아내의 어깨와 손을 잡았다. 의사와 간호사, 조산사, 그리고 아내와 나. 듣던 대로 방은 어두웠고 클래식이 흘러나오고 있었다. 내가 자리를 잡자 모든 준비가 된 듯했다. 너무 급하게 돌아가는 통에 아내는 보통 산모들이 겪는 '굴욕 3종 세트'를 모두 겪진 않았다. 무통주사 또한. 그야말로 출산은 이미 진행 중이었다.

조산사의 도움으로 힘을 주기 시작했다. 호흡법은 아무 소용없었다. 그저 숨을 길게 들이마시고 있는 힘껏 힘을 주어야 했는데 얼굴을 찡그리거나 입을 열면 힘이 분산되어 아이가 나올 수 없단다. 견딜 수 없는 아픔이 올 때마다 아내가 측은하고 마음이 아팠다. 아내 어깨를 안고 있으려니 내 허리도 끊어질 듯 아팠다. 나름 엉덩이를 요리조리 돌려가며 버티기는 했는데 의자가 간절히 필요했다. 너무 고통스러워 하는 아내 곁에서 할 수 있는 건 같이 힘을 보태주는 일밖에 없었다. 아내가 힘을 주면 같이 힘을 주고 숨을 들이마시면 같이 들이마셨다. 입 다물어라, 얼굴 찡그리지 말라는 조산사 주문에 "못 해! 못 해!" 조금만 더 힘주라는 의사 선생님 주문에 "더 이상 못 해!!!" 반말 아닌 반말을 뱉으며 본인이 낼 수 있는 힘의 최대치를 조금씩 올려가던 어느 순간, 같이 힘을 줬던 내가 힘이 빠지려는데 아내는 더 길고 강하게 젖 먹던 힘까지 내는 것 같더니 아이 얼굴이 나왔다. "아빠, 여기 보세요." "이제 어깨와 몸이 천천히 나옵니다." 이런 말이 들리면서 어깨와 몸이 쑥 나오고 뒤따라 다리까지 나왔다. 아, 신비롭다.

"오전 2시 9분!" 간호사 목소리가 들렸다.

02:09

이미 나는 울고 있었다. 힘을 주는 아내가 측은해서 눈물이 찔끔 났는데, 신비로운 탄생 과정을 보고 나서는 가슴으로 벅차오르는 감정에 눈물샘을 터트렸다. 아내 배 위에 누운 아이를 부르며 계속 눈물을 흘렸다. "솔아~ 아빠야. 솔아~ 아빠야." 아내가 사랑스럽고 아이가 사랑스러웠다. 그렇게 탯줄을 자르기 전까지 오랜 시간을 아이와 아내와 함께 있었다. 모든 과정이 마무리된 후에 내가 직접 탯줄을 잘랐다. 탯줄은 빛이 난다. 굉장히 투명하고 신비롭다. 직접 보면 상상했던 모습이나 사진으로 보는 것과 많이 다르다. 내가 직접 아이 머리를 감기고 몸을 씻겼다. 너무 작고 물렁해서 씻기면서도 다치지는 않을까 조마조마했다. 씻긴 아이를 아내의 품에 안기고 첫 모유 수유를 했다. 초유는 굉장히 투명하다. 신비롭다. 어떻게 출산과 동시에 모유가 나올까.

이 모든 것이 어떻게 글로 설명이 되겠는가.

딸이 태어났다.

이슬이 비치고 6시간,
진통 후 5시간,
병원 도착 30분 만에.

어디에서 왔을까. 어떤 인연으로 나와 만났을까.
내가 존재하는 날까지 온 마음으로 사랑할게, 솔아.

11세 일기

1995년 1월 9일 월요일. 흐림

제목: 할아버지, 할머니

저녁에 할아버지, 할머니께서 오셨다. 소라와 소현이 그리고 나는 할아버지, 할머니께 "할머니! 할아버지!" 하고 외치며 달려가 안겼다. 과자도 많이 사 오셨다. 할아버지, 할머니가 고마웠다.

할아버지, 할머니와 같이 먹는 저녁이라서 그런지 더욱 맛있었다. 저녁을 다 먹고 나서 물감놀이를 했다. 물감놀이를 하지 말라고 엄마가 말씀하셨다. 그래서 끝말잇기를 했다. 할아버지께서는 아는 단어가 많았다. 세 번을 했는데 소라가 모두 졌다. 그다음에는 우리나라 위인 이름 쓰기를 했다. 내가 22개로 이겼다. 나는 이렇게 적었다.

〔동명왕, 혁거세, 유관순, 세종대왕, 장영실, 이순신, 안창호, 백결, 방정환, 안중근, 김유신, 광개토대왕, 이사부, 문무왕, 김구, 온조왕, 이중섭, 강감찬, 박문수, 신문고, 홍길동, 임꺽정〕

그다음에는 나라 이름 쓰기를 했다. 우리는 조금밖에 못 썼는데 할아버지가 30개가 넘도록 쓰셨다. 할머니, 할아버지께서는 9시에 가셨다.

할머니, 할아버지와 함께 살았으면 좋겠다.

엄마의 답글: 소은아, 요즘 너를 보면서 문득 낯설다는 느낌을 받을 때가 있단다. 어느새 이만큼 컸나 싶은 게, 소은이가 아닌 다른 사람처럼 느낄 때가 있단다. 조금만 있으면 엄마보다 더 크겠지? 소은이가 몸만큼이나 생각하는 면도 많이 성장한 것 같아 엄마는 많이 흐뭇하단다.

1995년 11월 12일 일요일. 맑음

제목: 나의 꿈

나는 커서 되고 싶은 것이 많다. 먼저 만화가, 화가, 미술 선생님이다. 그다음엔 유치원 선생님이다. 더 있지만 이것만 쓰겠다. 제일 되고 싶은 것은 만화가이다. 다른 사람이 그린 만화를 보면 재미도 있고 그림을 그릴 때 재미를 느낄 수 있을 것 같기 때문이다. 그래서 만화가가 되고 싶다. 만화 중에서 순정 만화를 그리는 만화가가 되고 싶다. 아이들이 나보고 그림을 잘 그린다고 한다. 하지만 꼭 예쁘게 그리려는 행동 같은 것들로는 잘 그릴 수 없다고 생각한다. 나는 이런 점을 고치고 싶다. 만화를 그리려면 많은 준비물이 필요한데 제대로 마련

할 수가 없기 때문이다. 휴~ 나는 꼭 이루고 싶어 하는 꿈을 멀어지게 만들려고 하는 것 같다. 그러니 더욱 자신감을 가져야겠다. 그래서 언젠가는 내 손으로 그린 멋진 만화를 여러 사람들에게 보여주고 싶다. 나의 이런 꿈을 꼭 지킬 수 있도록 해야겠다. 지금부터라도 열심히 만화 그리기 연습을 해야겠다.

엄마의 답글: 소은아, 꿈을 갖고 사는 것만큼 행복한 것은 없을 거야. 많은 세월이 지나 어릴 때의 모습을 되돌아보면 많은 추억을 느끼게 해주지. 엄마가 소은이의 자라는 모습을 계속 지켜봐줄게.

1995년 11월 19일 일요일. 맑음

제목: 시험공부

시험이 목요일로 다가왔다. 평소엔 그렇게 싫어하던 공부에 조금씩 재미를 붙이기 시작했다. 풀면서 깨닫고, 모르는 것은 친구에게 물어보고 하니까 재밌어진 공부! 오늘도 할머니 댁에서 시험공부를 하려고 〈생각하는 아침 공부〉 10월호, 11월호를 모두 다 풀었다. 평소에는 놀기 위해 미루고 미루고 미루다가 못한 적이 많았다. 그리고 학교에서 선생님이 내주시는 문제를 풀 때,

"이거 했었는데 뭐였지?"

이런 말은커녕,

"아, 맞아. 이 문제는 이렇게 하는 거였지?"

재미로 복습하니까 머리에 쏙쏙 들어왔다. 이번 시험은 100점 맞을 자신이 없었다. 그런데 공부하고 나니까 100점 맞을 자신이 조금 생겼다. 어려웠던 사회와 실수로 많이 틀린 산수. 더욱더 열심히 공부해서 결과가 좋은 시험이 될 수 있도록 해야겠다.

엄마의 답글: 소은아, 엄마가 공부, 공부해서 잔소리로 들리지는 않았나 걱정이 된다. 소은아, 공부란 때가 있는 거란다. 할 수 있을 때 해야지 때가 지나면 후회가 되고…. 훗날 멋지게 웃을 수 있는 소은이가 되기를 바란다.

1995년 12월 9일. 맑음

제목: 만화책은…

우리 엄마는 공부 안 하고 만화책만 보면,

"너 공부 안 하고 만화책만 보면 만화책 갖다 버린다."

라고 말씀하신다. 그런데 다른 책을 보고 있으면,

"시험 다가오는데 공부해야지. 책만 보면 안 돼. 빨리 공부해."

라고 말씀하신다. 만화책은 보면 갖다 버린다고 하고 다른 책은 그냥 놔둔다고 한다. 참 이상하다. 불량 만화도 아닌데 왜 갖다 버린다고 하실까? 나는 만화를 보면 만화에 나오는 주인공이 된 기분이어서 아주 좋다. 그런데 왜? 만화책만 나쁘게 평가하는지 모르겠다. 재미있고 상상력을 키워주는(?) 만화를 왜 못 보게 하시는지… 내가 시험공부를 안 해서 화가 나셨나? 아니면 불량 만화인 줄 아시나?

공부를 하고 나면 보게 놔두실까? 지금 생각해보니 내가 잘못한 것 같기도 하다. 공부도 안 하고 만화책만 보니까 엄마가 그런 말씀을 하시는 것 같다. 앞으론 이런 일이 없도록 해야겠다.

엄마의 답글: 소은아, 사춘기란 어떤 건지 책을 통해 느낀 점은 없니? 엄마가 생각할 때 소은이가 사춘기는 아닌지… 그래서 어쩔 때는 소은이 대하기가 두렵기조차 하단다. 예민하고 신경도 날카롭고…. 사춘기도 슬기롭게 보내야겠지.

1995년 12월 17일 일요일. 맑음

제목: 즐거운 날

신발, 옷, 모자 등을 사기 위해 썬플라자로 갔다. 차가 빠져나가길래 그 자리에 세웠다. 먼저 모자를 샀다. 나와 소라는 색만 약간 다른 모자를 샀다. 다음 위층으로 갔다.

'이번에는 뭘 살까?'

여기저기 돌아다니다가 한 옷 가게에서 멈췄다.

"어떤 것을 할까?"

엄마 옷을 사려는 것 같았다. 발목까지 오는 긴 오바를 입어보셨다. 그리고 반코트도 입어보셨다. 긴 오바가 낫다고 하자 긴 오바로 사셨다. 엄마가 더 예뻐 보이는 것 같았다.

신발 가게를 지나면서

'아빠가 신발은 안 사주시나?'

이렇게 생각하고 있는데 아빠가

"자, 여기서 신발 골라라."

라고 말씀하셨다. 나는 검은색, 소라는 갈색 신발을 샀다. 기분이 좋았다.

엄마 아빠, 모자와 신발을 사주셔서 감사합니다.

엄마의 답글: 소은아, 작년에 만든 일기장을 가끔 읽어보니? 영원히 남아 간직하게 될 일기장. 먼 훗날 추억에 젖어 읽어볼 수 있는 소은이는 참 행복할 것 같다. 그 무엇보다 일기장은 소중한 것이겠지? 잘 간직하렴.

자꾸 물어본다

껌딱지와 24시간

결혼을 하고 내가 모르는 다른 세계가 열린 것 같다고 친구들에게 말하곤 했는데, 아이를 낳고 나니 이건 '내가 모르는' 정도가 아니라 전혀 상상할 수 없었던 다른 차원에 살게 된 것만 같다. 내 곁에 찰싹 붙어서 떨어지지 않는, 떨어뜨려놓을 수도 없는 껌딱지와 24시간을 함께 생활하게 되었다.

원래 아이들을 좋아하지도 않았고 관심도 없었기에 신생아는 누워서 하루 종일 먹고 자기만 하는 존재인 줄만 알았다. 갓 태어난 인간이 이렇게 작고, 이렇게 힘이 없고, 이렇게 혼자서는 아무것도 못 하는 존재인 줄은 미처 몰랐다. 우리처럼 삼시세끼가 아니라 여덟아홉 끼니씩 먹어야 하는 줄도 몰랐고, 당연하고 쉽게만 생각했던 모유 수유도 힘들었다. 한자리에 앉아 수유 쿠션 위에 아이를 눕히고 30분씩 꼼짝 않고 젖을 먹이고 일어나려면 다리가 잘 펴지지 않았다. 그동안 책과 인터넷에서 나름 이것저것 많이 주워들었다고 생각했는데 하나부터 열까지 모르는 것투성이였다.

갓 태어난 아이는 마치 작은 아기 동물을 보는 것처럼 그냥 귀여웠다. 보자마자 모성이 마구 샘솟을 줄 알았건만 그런 드라마 같은 일은 없었다. 내 배 속에 품고 있다가 낳은 아이였는데 실감이 나지 않았다. 내 아이니까 돌본다는 생각이 마음에서 우러난다기보다는 당연히 해야 할 일이니까 한다는 생각이 강했다. 딱히 싫은 것도 아니었고 좋은 것도 아니었던 것 같다.

나의 하루는 24시간이 아니라 아이를 따라 3시간 단위로 돌아가는 것 같았다. 아이가 일어나면 젖 먹이고 재우고, 잠들면 같이 자고, 아이가 깨면 짧은 하루가 다시 시작되는 기분이었다. 겨울에 아이를 낳고 아침인지 낮인지 오후인지 밤인지 모를 하루하루를 보내다 보니 봄이 온 것도 몰랐다. 정신을 차려보면 한 달이 지나 있었다. 아무도 이런 생활을 이야기해주지 않았다고는 하지만 누군가 이야기해주었다고 해도 듣는 것과 직접 겪는 것은 결코 같을 수 없었다.

솔이는 태어난 그 순간부터 우리를 둘러싸고 있는 모든 것의 중심이 되었다. 나의 시간과 하루는 물론이거니와 주변 가족들의 관심도 모두 임신부였던 나에게서 새로운 등장인물인 솔이에게로 향했다. 눈만 떠도, 하품만 해도, 손짓 발짓 하나하나에 모두가 반응했고 휴대전화 카메라는 멈출 틈이 없었다.

다들 이렇게 아이를 낳고 키우면서 산다니, 우리 엄마를 비롯한 모든 엄마들이 존경스러워지면서 왜 다들 사서 고생을 하고 있나 싶기도 했다. 수유에 편한 옷을 입고서 꾸미기는커녕 씻을 수 있을 때 겨우 씻고 아이와 살을 부비며 하루 종일 집 안에 있으니 몸도 마음도 점점 약해져갔다. "하루 종일 집에서 뭐 해?" 아이를 보러 온 친구의 지나가는 물음에도 마음 한 부분이 쿵 하고 내려앉는 그런 내가 되어버린 것이다. 갓난아이를 안고 다니면 '지금이 제일 좋을 때다' '애들은 금방 큰다'는 위로 섞인 이야기를 많이 듣는다. 지나고 보면 짧은 시간일 텐데 그 시간 한복판에 서있는 내게는 그런 감정을 느낄 날들이 너무 멀게만 보였다.

그러다 어느 날 배불리 먹고서 잠든 아이 옆에 누워 얼굴을 가만히 바라보았다. 멍하니 바라보다가 나도 모르게 코끝이 찡해졌다. 배 속에 있을 때 손발이 오그라들고 어색하다는 이유로 태명을 불러준다거나 이야기를 들려준 적이 한 번도 없었다. 그게 뒤늦게 미안해서였는지 아무 탈 없이 태어나준 것이 고마워서였는지 그저 너무 예뻐서 그랬는지 아니면 그 모든 것이었는지 아무튼 눈물이 났다. 나에게 너무 소중하고 사랑스러운 존재가 생겼다는 사실에 감사할 수 있는 시간이 마침내 찾아왔다. 그 순간 걱정 근심은 날아가고 그저 솔이와 얼굴을 맞대고 누워있을 수 있어서 행복했다.

젖을 먹으며 작은 손으로 내 손가락을 꼬옥 잡을 때, 하품하는 모습을 볼 때, 배고파서 울 때… 마냥 바라만 보고 싶은 순간들은 점점 늘어났다.

아이를 낳고 많은 것들이 바뀌었고, 많은 것들을 할 수 없게 되었다. 하지만 나만 겪는 일은 아니었다. 힘들고 고되지만 누구나 그렇게 아이를 키우고 있고 우리 엄마도 그런 시간들을 거쳐 이렇게 나를 키워주었다는 사실이 다시금 내게 힘을 주었다. 잃은 것만큼, 아니 그 이상으로 나의 시야는 넓어졌다. 예전에는 몰랐던 것들을 경험으로 느끼고 알게 되었으니 조금쯤 성장했다고 할 수 있을까. 어쩌면 예전과는 달라진 나를 위한 자기 위로일지도 모르지만. 아무튼 이제 우리 집에는 우주에서 제일 예쁜 아이가 살고 있다. 나에게 이토록 소중하게 느껴지는 존재가 전에도 있었나?

어느 날 엄마와 침대에 앉아있던 솔이가 나를 보더니 두 팔을 뻗으며 잉잉거렸다. "할머니가 놀아주는데 엄마한테 가려고 그러네!" 엄마는 조금 섭섭해했지만 나는 그때 내가 이 아이의 엄마라는 사실이 확 느껴졌다. 모든 관계가 그러하겠지만 우리는 서로에게 하나밖에 없는 존재였다.

임신을 하고 아기를 낳았어도 여전히 자기만 생각하고 여러모로 부족한 나는 달라지지 않았다. 내가 과연 좋은 엄마가 될 수 있을지 매 순간 걱정이 앞선다. 좋은 엄마가 되는 길은 너무나 까마득하게 느껴진다. 그래도 나에게 주어진 새로운 역할을 외면하고 싶은 생각은 없다. 모든 일이 원하는 대로 되지는 않겠지만 적어도 아이에게 상처를 주는 사람은 되지 말자고 다짐한다. 사람은 적응의 동물이라더니 어느새 이 새로운 생활에 물들어가고 있는 것 같다.

나는 이제 한 아이의 엄마가 되었다.

통통한 아기

1985년.
내가 태어나던 날.

반면에 3kg으로 태어나 알쌍했던 솔이,

한달 만에 부쩍 크더니 언젠가부터
사진 속의 내 모습이 되어 있다.

그런데 솔이가 통통해질수록
엄마는 더 좋아하시는 것 같다.

여시 사랑은 내리사랑인가…

우리의 앞날

혼자서는 우는 것밖에 할 수 없는 존재로
이 험난한 세상에 태어나다니...
아기는 볼수록 신기하다.

별거 아닌 일들이 특별하게 느껴지는 나날들.
솔이와 훈버터와 나는 함께 어떤 삶을 만들어가게 될까?

내가 어렸을 적, 못된 성질이 최고조를 달릴 때
엄마가 늘상 하시던 말씀.

그리고 외삼촌들과 식사하던 자리에서 들은 얘기.

왠지 숲날이 조금 예상되는 것 같다.

너도 내 말 안듣고
나랑 허구한 날
싸울 거야?

내 승질은
엄마를 닮은거였어.

왠지 그 사이에 끼어 있는
나의 앞날도 조금 보이는 듯.

오싹!

지켜보기

솔이가 태어나면서 나의 시선은 늘 솔이에게 머물러 있게 되었다. 갓 태어났을 때는 신기해서 마냥 바라보기만 했는데 점점 움직임이 발달할수록 내 눈은 더더욱 솔이를 쫓게 되었다. 잠깐이라도 시야에서 벗어나면 어디에 있는지 찾기 바쁘다. 먹으면 안 되는 것을 먹지는 않는지, 위험한 물건을 만지지는 않는지, 돌아다니다가 어디에 부딪히지는 않는지 잠시도 쉬지 않고 감시하며 하루를 보낸다.

밤이 되어도 편히 마음을 놓을 수 없었다. 솔이가 가만히 누워만 있던 신생아 시절에 우리 세 가족은 퀸 사이즈 침대에 나란히 누워서 잠을 잤다. 잠귀가 어두워 한번 잠들면 잘 깨지 않는 편인데 혹시 내가 움직이다 솔이를 깔아뭉개지는 않았나 걱정되어 자꾸 깨서 확인했다. 이리저리 뒤척이던 심한 잠버릇은 솔이 곁에서 잠들 때 누운 자세 그대로 아침까지 잠을 자게 되면서 사라졌다. 뒤집기를 시작하면서부터는 자다가 뒤집혀 숨이 막히지는 않는지 살펴보았고 좀 더 큰 뒤에는 자꾸 발차기로 걷어내는 이불을 덮어주기 바빴다.

솔이가 아장아장 걷기 시작하면서 함께 외출할 때면 눈에 더더욱 레이더를 켜고 솔이만 보았다. 처음 보는 것들이 아이의 호기심을 자극했다. 어제 보고 그저께 봤던 것도 처음 본 것처럼 좋아했다. 차도로 가지는 않는지, 돌멩이에 걸려 넘어지지는 않는지 내 키의 반 정도 되는 아이만 보면서 다녔다. 계절의 변화를 느끼거나 길거리 풍경을 둘러볼 새 없이 늘 구부정하게 걸으며 아이 꽁무니만 쫓았다.

솔이가 15개월 즈음에 남편 회사에서 푸켓으로 가족동반 여행을 간 적이 있다. 걷기에 재미를 붙인 솔이는 가져간 유모차는 쳐다보지도 않고 손도 뿌리친 채 길거리를 걸어 다녔다. 땀을 뻘뻘 흘리며 솔이 뒤통수만 보고 다니려니 여기가 푸켓인지 명동인지 알 수가 없었다.

그렇다고 나 혼자 편하게 외출할 수도 없었다. 집 근처에 빵 하나를 사러 나가더라도 솔이를 어르고 달래서 옷 입히고 나갈 채비 하는 한참의 시간을 보내고서야 함께 길을 나설 수 있었다. 여름엔 집에서 입던 옷 그대로 나간다 해도 겨울엔 입힐 옷이 많아 웬만하면 외출하기보다는 집에서 해결하려고 했다.

어느 날 저녁, 퇴근하고 돌아온 남편에게 솔이를 맡기고 집 건너편에 있는 마트에 가기 위해 밖으로 나왔다. 혼자 길을 걷는데 그 순간이 너무 행복하게 느껴져 깜짝 놀랐다. 모든 긴장을 내려놓고 주변 모습들을 구경했다. 깜깜한 밤하늘, 한산한 도로, 두런두런 이야기 나누며 걷는 사람들, 자전거를 타고 가는 아이들, 붐비지 않는 마트. 모든 것이 편안했다. 그날 마트에서 무엇을 샀는지는 기억나지 않지만 그날의 밤공기는 어제 일처럼 생생하다.

예전에는 당연했던 일들이 점점 소중하고 행복한 순간이 되어간다. 지금이 아니라면 밤에 마트를 혼자 다녀온 것만으로 이렇게 큰 행복감을 맛볼 수 있을까? 언젠가 솔이가 많이 자라면 혼자 하는 여유로운 산책도 다시 별것 아닌 일상이 되겠지. 하지만 왠지 그때가 되어도 나는 여전히 솔이를 바라보고 있을 것 같다는 생각이 들었다. 아니, 바라보고 싶을 것 같다. 지금처럼 일거수일투족을 감시하기 위해서도 아니고 매 순간 함께하지도 않겠지만, 언제나 솔이가 궁금하고 보고 싶고 함께하고 싶을 것만 같다. 그때가 되면 솔이가 나와 함께해주지 않는 게 아쉽고 슬퍼질 것 같다.

외출하고 돌아오거나 나에게 무슨 일이 있을 때 엄마가 이것저것 물어보는 게 귀찮을 때가 많았다. 엄마는 보이지 않는 곳에서의 내 모습이 얼마나 궁금했을까. 엄마는 언제나 우리를 보고 있었고 보고 싶어 했다. 정말이지 나는 솔이를 낳고 나서야 그 옛날 엄마 마음을 짐작해보며 혼자 뒷북치는 일이 너무나도 많다. 이제는 같이 살지도 않으니 엄마가 나를 볼 일은 정말 줄어들어버렸다.

요즘 나는 솔이와 있었던 시시콜콜한 일들을 엄마에게 이야기한다. 내 아이와의 일을 내 일처럼 잘 들어주는 건 엄마와 남편이지만, 더더욱 내 입장에서 들어주는 건 엄마다. 지금까지 나를 봐온 엄마는 나의 말투, 행동 하나하나에서 내 기분을 읽고 나를 보듬어준다. 지금의 내가 그 누구보다 솔이를 잘 아는 것처럼 나를 가장 잘 아는 사람은 엄마일 것이다. 어쩌면 나보다도 나를 더 잘 알고 있을지도 모르겠다.

　오늘도 나는 하루 종일 솔이와 있으며 감시 아닌 감시를 하고 어제와 또 달라진 솔이의 모습을 느낀다. 그리고 하루에도 몇 번씩 엄마에게 그 소식을 알려준다. 내 소식만 덜렁 전하기에는 왠지 쑥스러워 솔이 이야기에 슬며시 끼워 넣어 안부를 보낸다. 멀리서 궁금해하고 있을 엄마가 나를 잘 지켜볼 수 있도록.

엄마가 되다

내가 낳았으니 내가 솔이 엄마라는 건 두말하면 입 아픈 사실.

이제 다리 베고 누워
놀기도 하고, 거창 -

...

하지만 솔이가 나를 '엄마'라고 불러주는 지금에야
(훈버터한테도 '엄마'라고 하고, 가끔은 나보고 '아빠'라고 하기도 하지만)
난 비로소 엄마가 된 기분이다.

음, 그래,
내가 니 엄마다.

엄마 엄마
엄마

좀 오그라들 수도 있지만, 학창시절에 배운
김춘수의 '꽃'을 이제야 이해할 수 있을 것 같다.

「내가 그의 이름을 불러 주었을 때,
그는 나에게로 와서 꽃이 되었다.」

꽃이 꽃이지.
그럼 뭐야.

그동안은 짝사랑하는 기분이었는데,

이제는 솔이도 나를 좋아하는구나! 라는 걸 정말로 느낄 수 있다.

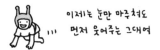

솔이의 반의 반만큼만 해도 우리 엄마가 좋아하실 텐데.

내 행복은 어디에

며칠 전, 엄마에게 솔이를 맡기고 솔이 여권을 신청하기 위해 버스를 타고 구청에 다녀왔다. 어느덧 봄이 되었고 어느덧 솔이는 14개월 반째에 접어들었다. 요즘엔 길을 걷다가, 그림을 그리다가, 집에서 커피를 마시며 노래를 듣다가 문득문득 옛 추억에 잠기거나 예전의 느낌을 생생하게 느끼곤 한다. 아이를 낳기 전에 내가 느꼈던 그런 감정들. 지금까지는 정신없이 솔이를 돌보는 생활에 적응하다가 이제야 그런 생각을 할 여유가 생긴 걸까.

아무튼 날씨가 정말 좋았고 외출해 있는 그 시간이 너무 행복해서 여권을 찾으러 갈 때는 솔이랑 같이 버스를 타고 나들이를 나와볼까 생각했다. 좋고 행복한 순간에는 어김없이 솔이가 생각난다. 돌아오는 길에 고양이를 보면서도 우리 집 꼬마가 보면 좋아할 텐데, 나도 모르게 생각했다.

그러나 오늘 밤에는 또 한 번의 우울, 좌절, 분노, 뭐 그런 것들이 지나갔다. 종이 한 장을 뒤집는 것처럼 쉽다면 쉬운 감정 다스리기인데 나는 또 호르몬에 휘둘렸다. 잠을 참고 그림 한 장을 더 그리기보다는 얼른 자야 내일 솔이를 잘 돌볼 수 있다는 압박에 시달리고, 한 번도 해본 적 없는 요리 레시피를 생각하면서 하루를 보내는 날들이 늘어가니 자꾸 옛날을 생각하게 된다. 나의 마음과 생각은 홍대 카페를 쏘다니거나 내 방에서 밤늦도록 그림을 그리던 그때에 머물러 있는데 나이만 먹고 있는 기분이다. 아니, 정말 그렇다. 언제나 현재에 충실하자는 마음을 먹고 있어서 예전을 그리워하는 일은 잘 없었는데 요즘엔 자꾸 휴대전화 속 옛날 사진들을 들여다본다. 왠지 엄마 아빠의 딸로만 살 때가 온전히 나였던 것 같기도 하다.

오랜만에 맡게 된 일에 대한 걱정, 부모님 생각, 가족, 아이, 남편, 일과 육아 사이의 균형… 머릿속으로는 항상 여러 가지 생각을 하지만 정작 현실에서는 멍하니 아무것도 안 하고 있다. 다른 사람들 신경쓰지 않고 홀로 생각 속에 잠기고 싶은데, 그런 일이 가능했던 것도 이미 한참 전 이야기다. 이제는 밖에서 혼자 일할 때조차 집에 있는 솔이가 신경 쓰이는 그런 내가 되어버렸다.

엄마는 결혼하면서 직장을 그만두고 전업주부로만 사셨다. 학교가 끝나고 집에 오면 특별한 일이 없는 한 늘 엄마가 있었다. 요리, 청소, 빨래, 정리까지 집 안 구석구석 엄마의 손이 닿지 않은 곳이 없었다. 마치 정해진 것처럼 당연하게 모든 가족을 뒷바라지하고 본인보다 가족을 위해 많은 시간을 썼던 엄마는 언제부터인가 늘 무언가 아쉬운 사람처럼 보였다. 혼자 뭔가를 하기보다는 늘 가족이 먼저였던 엄마는 혼자 있고 싶어도 어디로 가야 할지를 몰랐다. 갈 데가 없다던 엄마는 그럴 때마다 지하주차장에 세워놓은 차에서 시간을 보내고 돌아오곤 했다. "그때는 일하기 싫어서 그만둔 건데, 참고 계속 일할 걸 그랬나 봐." 엄마는 종종 이렇게 말씀하셨다.

나는 혼자 노는 것을 좋아했다. 영화도 혼자 보고 카페도 혼자 가고 어디에서든 노트와 펜만 있으면 그림을 그리면서 시간을 잘 보냈다. 늘 사람들과 부딪치는 시간에서 많은 피로감을 느꼈고 혼자만의 시간들에서 필요한 에너지를 충전해왔다. 그래서 엄마에게 이런저런 곳에 가면 혼자 시간을 보낼 수 있다고 알려드렸지만 엄마는 섣불리 그렇게 하지 못했다. 그런 엄마를 보면서 나만의 것, 나만의 시간, 내가 할 수 있는 일들을 잘 유지해야겠다고 느껴온 것 같다. 때때로 내 눈에 엄마는 어떻게 해야 행복할 수 있는지 모르는 사람처럼 보였다.

나 또한 누군가의 엄마가 되었지만 아이가 최우선이 아닌 내가 먼저 행복한 사람이 되자고 생각했다. 그래서 계속해서 그림을 그렸다. 계획에 없었던 임신을 했을 때도, 출산을 하고 집에서 아이와 둘이서만 있을 때도 그림을 그리면서 답답한 마음을 많이 풀 수 있었다. 사실 그렇게 그림을 잘 그리는 편은 아니지만 그림 그리는 일이 제일 즐거웠기에 계속해나갔다. 오늘같이 감정 소모가 심하고 좋지 않은 기분으로 하루가 마무리되려고 할 때면 더더욱 조금이라도 끄적거리는 시간을 가져보려 하지만, 동전의 앞뒷면처럼 내일 육아에 대한 걱정이 알아서 따라온다. 잠을 많이 자면 몸은 가뿐해지는데 마음은 무거워진다.

아이와 함께하는 생활에서 혼자만의 시간은 절대적으로 부족하다. 이제 나는 혼자 보내는 시간에서 충전하던 에너지를 술이와 함께하는 시간에서 찾아보려고 노력 중이다. 예전을 그리워한다고 해도 돌아갈 수는 없고, 시간이 흐른 뒤에는 또다시 지금을 그리워하고 있을 테니까. 아기를 키우다 보니 시간의 흐름이 너무나도 피부로 느껴져서 지금을 소중히 여겨야겠다는 이야기를 계속 하게 되는 것 같다. 잠든 아이의 얼굴과 자그마한 손에서 예전엔 몰랐던 행복을 알게 되었고, 나의 세상과 시야는 조금 더 넓어졌다. 오늘도 내 그림과 글에는 술이가 등장해 많은 이야기를 만들어주었다.

쓰다 보니 지금도 나쁘지 않은 것 같다. 오늘 밤도 편안하게 잠을 잘 수 있을 것 같다.

그리운 엄마 냄새

결혼 초, 우리집에 놀러왔다가 돌아가는 엄마랑 동생들.

기분이 허전하고 몹시도 이상해서 가족들이 가고 난 뒤
혼자 울었다.
홀로 가족에서 떨어져 나온 것 같았다.
어학연수를 가본 적도, 자취를 해본 적도 없어서 그런 기분이
더 들었는지도 모르겠다.

요즘엔 솔이를 봐주러 엄마가 자주 와주시는데,
오늘은 왠지 엄마가 돌아갈 때 따라 나서고 싶었다.
너무나도 –

가지 말라고 하고 싶었으나 말하지 못했다.

엄마랑 같이 살았던 때가 그립다.

이렇게 엄마 배 쪽으로 누워서 엄마 냄새를 맡고 있으면
편안해지면서 노곤노곤한데, 그게 무척 행복하다.

누구의 아내도, 누구의 엄마도 아닌
그냥 엄마딸로 살 때가 그리웠다.

그래서 엄마를 보내고 난 뒤 혼자서 또 한참을 울었다.

아.
얼른 준버디가 왔으면 좋겠다.

장난감 탱크

　엄마는 종종 솔이의 선물을 사 오셨다. 하루는 자르고 붙이면서 노는 워크북과 안전 가위를 사 오셨다. 위험하다고 못 쓰게 했던 가위를 솔이가 처음 잡아본 날이었다. 그 뒤로 가위질에 재미를 붙이더니 그림을 그리면 꼭 가위로 잘라서 가지고 놀곤 했다. 그래서인지 또래보다 가위질을 잘한다는 이야기를 종종 듣는다. 그러고 보니 나도 어렸을 때 가위질을 좋아했다. 외가에 놀러 가면 늘 전단지 사진을 오리며 놀았다. 그런 나를 위해 외할아버지는 집에 오는 전단지들을 버리지 않고 서랍 속에 모아두셨다.

　먼 시골에 계셔서 명절 때만 뵐 수 있는 친할머니보다는 가까운 곳에 계신 외할머니, 외할아버지가 언제나 더 편하고 친근했다. 언제나 한결같이 손주들을 예뻐해주는 분들이었다. 우리가 집에 놀러 오는 날이면 마트에서 과자를 한 보따리 사 오는 외할아버지의 모습을 볼 수 있었다. 부모님이 특별히 과자를 못 먹게 한 것은 아니었지만, 그래도 외할아버지 댁에 가는 날은 과자를 마음껏 먹을 수 있는 날이었다.

과자는 맛있었고, 할아버지는 맛있게 먹는 우리 모습을 웃으며 바라보셨다.

누구에게나 물건에 대한 취향이 있지만 훈버터는 그게 좀 더 명확한 편이다. 어렸을 때부터 본인 마음에 들지 않으면 어머니께서 사다 주신 옷도 절대 안 입었다는데, 지금도 물건 하나를 사더라도 마음에 쏙 드는 것을 찾아 몇 날 며칠 헤매곤 한다. 까다로운 훈버터를 오랫동안 겪으신 어머니는 솔이 선물도 섣불리 사지 않고 우리에게 먼저 의견을 물어보신다.

반면 우리 엄마는 그런 것이 없었다. 눈치 보지 않고 특별한 날이 아니어도 옷, 책, 장난감 등 다양한 선물을 준비했다. 어느 날은 솔이 주려고 샀다며 장난감 탱크를 꺼냈다. 뒤로 쭉 잡아당겼다가 놓으면 총 쏘는 소리와 함께 지이잉 하고 바퀴가 굴러갔다. 야심차게 솔이 앞에 내놓았지만 소리 내며 움직이는 탱크를 보자마자 솔이는 왕 하고 울고 말았다. 결국 탱크는 한동안 솔이 눈에 띄지 않는 장난감 상자 구석에 있어야 했다.

솔이에게 뽀로로를 처음 소개해준 것도 엄마였다. 뽀로로 휴대전화, 뽀로로 전화기, 뽀로로 인형, 뽀로로 범퍼카, 뽀로로 비행기… 우리 집에 있는 모든 뽀로로는 엄마의 선물이다. 느긋하게 생각하고 배변 훈련을 시작하지 않는 나를 압박하기 위해 뽀로로 변기를 사 오기도 했다. 팔걸이 의자처럼 생겼는데 팔걸이에 있는 버튼을 누르면 노래가 흘러나왔다. 그래도 내내 기저귀를 채워놓은 바람에 변기는 솔이의 독서 의자로, 소꿉놀이용 식탁으로 오랫동안 쓰였다.

엄마가 사 오는 물건들에는 우리라면 사주지 않을 것들이 많았다. 엄마 취향의 어깨가 봉긋한 빨간 카디건은 아직 머리숱이 적은 솔이에게는 잘 어울리지 않았다. 장난감 탱크도 어린 솔이가 좋아할 만한 선물은 아니었다. 뽀로로는 최대한 천천히 접하게 하고 싶었다. 친정에 갈 때마다 솔이가 기념품처럼 들고 오는 엄마의 열쇠고리들(엄마는 여행지 열쇠고리를 모은다)도 갈수록 처치 곤란이었다.

그래도 나는 엄마가 솔이에게 무언가를 해주는 걸 보는 게 좋았다. 넉넉지 않은 형편에도 솔이가 기뻐하는 모습을 생각하며 선물을 고르는 엄마 모습을 상상하는 게 좋았고, 솔이가 기뻐하는 모습을 보며 더 좋아하는 엄마를 보는 게 좋았다. 내 마음에 들지 않는다고 저지하기에는 뭐라도 해주고 싶어 하는 엄마의 마음이 너무 예뻐서 그냥 지켜보았다.

점점 많아지는 솔이 장난감들을 보면서 이번엔 꼭 정리하자 생각하면서도 장난감을 하나하나 들여다보면 어느 것 하나 버리기가 쉽지 않다. 시원하게 버리자니 왠지 엄마에게 미안한 마음이 들어 섣불리 손이 가지 않는다. 정작 장난감 주인인 솔이는 잘 기억하지 못하는 것들이 오히려 나에게 전부 작은 추억이 되어버렸다.

조만간 엄마는 또다시 함박웃음을 지으며 솔이에게 선물을 내밀 것

이다. 술이가 좋아하든 안 좋아하든 손녀에게 선물을 주는 기쁨을 잔
뜩 누리는 엄마 얼굴에서 그 옛날 외할아버지의 웃음을 본다.

엄마 노릇

문득문득 내가 엄마노릇을 하고 있음에 놀란다.

'내가 이 아이의 인생을 책임지고 있다니.'

'엄마'라는 역할

어린 시절에는 엄마가 자기감정을 너무 표현하지 않았으면 좋겠다고 생각했다. 엄마란 늘 인자하고 나를 이해해주며 너그럽기만 해야 할 것 같았다. 동화 속에서 그려지는 이상적인 엄마의 모습처럼.

엄마가 기분이 안 좋을 때면 우리 가족 모두가 엄마 눈치를 보았다. 스스로를 다스리지 못하고 그때그때 기분에 따라 우리를 대하는 모습이 너무나 이상하고 불공평해 보였다. 내 기준으로 엄마로서 부족하다고 생각되는 점들이 보일 때마다 우리 엄마는 왜 '엄마'처럼 행동하지 못할까 이상하게 여겼고, 나는 절대로 그런 엄마가 되지 않겠다고 다짐했다.

부모는 자식에게 가장 큰 사랑을 주는 존재이지만 동시에 가장 큰 상처를 줄 수 있는 것도 부모라고 생각했다. 그래서 나는 아이를 낳고 싶지 않았다. 한 사람의 인생을 책임질 자신도 없었지만 누군가에게 상처를 줄까 봐 무섭고 두려웠다.

결혼을 하고 어느 날 덜컥 아이가 생겼다. 계획에 없던 일이었지만 아이는 너무나 소중했다. 당연히 엄마와는 다른 엄마가 될 것이라고 여겼다. 하지만 지금의 나는 솔이를 똑같이 대하고 있다. 솔이에게 화를 내는 내 모습에서 엄마를 발견하곤 한다. 처음에 그 사실을 깨달았을 땐 몹시 충격적이었는데, 두세 번 되풀이하는 사이에 나도 모르게 무뎌졌다.

물론 그 화에는 내 나름의 이유가 늘 있다. 밑 빠진 독에 물 붓는 것처럼 매번 같은 이야기를 하고 또 할 때도 있고, 며칠 동안 참고 억눌렀던 사소한 감정들이 쌓이고 쌓여 터져버릴 때도 있다. 하루 종일 솔이에게 맞춰주는 반복되는 생활의 피곤이 마음을 좀먹을 때도 있었다. 그렇지만 '그래, 화낼 만했어' 하고 흔쾌히 납득이 가는 경우는 한 번도 없었던 것 같다. 화를 내고 나서의 뒷맛은 늘 찝찝하고 개운치 못했다. 솔이의 무언가를 바꾸기에 화내기는 좋지 않은 방법이라는 것을 알면서도 나는 매번 화를 내버리고 뒤돌아서자마자 후회한다.

자식은 커가면서 세상 누구보다 편한 엄마에게 마구 대하곤 한다. 하지만 엄마도 자식에게 마구 대하곤 한다는 것을 솔이와 있으면서 느낀다. 다른 사람에게는 하지 않을 행동과 말투를 솔이에게 하고 만다. 육아에서 제일 힘든 일은 감정조절이라고 생각한다. 감정조절에 실패하는 순간 내가 보고 싶지 않은, 보기 싫은 나의 모습을 보게 된다. 밑바닥까지 모조리 드러내는 기분. 그 모습을 보이는 대상이 나의 가족, 특히 나의 딸이라는 것이 더욱 절망스럽다. 내가 생각하는 이상적인 엄마의 모습과는 너무나도 다르다. 엄마가 겪었을 일들을 나도 경험하게 되면서 엄마를 이해하는 일들이 많아지고 있다.

엄마이기 이전에 엄마는 자기 자신이었고, 엄마 역할도 처음 맡았을 뿐이다. 도대체 엄마는 왜 그럴까 몇 번씩 던지던 물음의 답을 이제는 너무나도 잘 알겠다. 엄마는 늘 우리에게 더 잘해주지 못해서 미안하다고 하신다. 내가 엄마보다 더 잘하고 있고 솔이를 더 잘 키울 것이라고도 말씀하신다. 지금의 내가 앞으로도 우리 엄마보다 더 잘해나갈 수 있을까? 나는 솔이에게 어떤 엄마가 되고 싶은 걸까? 솔이는 예전에 내가 그랬던 것처럼 폭발한 내 모습만을 기억하고 '나는 그러지 말아야지' 생각하겠지.

오늘도 나는 화내지 말자, 내 기분을 너무 드러내지 말자, 아니, 애초에 욱하지 말자 다짐하고 또 한다. 어느 순간에 어떤 것이 방아쇠가 되어 또다시 터질지는 모르지만 그래도 조금이라도 예쁜 말과 고운 말만 들려주고 싶다. 솔이에게 정말 좋은 사람이 되고 싶다. 아직 갈 길이 아주아주 멀지만 화내지 않고 온 마음으로 솔이를 대할 수 있는 그날까지 열심히, 그러나 지치지 않도록 쉬엄쉬엄, 흘러가며 살아야겠다.

썩어버린 솔이 이를 보면서 속상하고 미안했다. 그런데 양치를 할 때 협조를 안 해서 몇 번 타이르다가 속으로 펑! 터지려는 걸 참고 삭히려니 머리가 지끈지끈 아파왔다, 라는 것이 오늘 아침에 있었던 이야기.

이유식과 똥

어느덧 중기에 접어든 이유식.

하루에 두 번씩 먹이려니 이유식 한 번 만들고 나면
시간도 훌떡, 체력도 훌떡 가버린다.

어느 날은 솔이 기저귀를 갈아주는데.

솔아~ 엄마가
기저귀 갈아줄게.
왜냐면 똥 쌌으니까~

엄마응마~

다진 당근들이 그대로 똥으로 나왔다.

어! 너 당근이
그대로 나왔어!

엇지다

안 까까럴
냐아기라 똥이 이렇게
덩어리지지는 않습니다.

아기들은 원래 그렇단다.
먹은 게 그대로 나오다니! 너무 귀엽다.

화풀이

    솔이가 갓 태어났을 때 엄마는 산후조리를 도와주기 위해 아침 10시쯤 우리 집에 오셨다가 오후 4시, 5시쯤 돌아가곤 했다. 솔이와 내가 자고 있으면 식사 준비나 청소, 빨래를 했고 솔이가 깨면 솔이와 놀아주고 재워주었다. 내리사랑이라더니 엄마는 우리보다 솔이가 더 예쁘다고 했다. 모두들 내 어릴 적 모습과 솔이가 똑같다고 할 때도 잘 모르겠다면서 솔이가 더 예쁘다고 했다. 오랜만에 안아보는 아기의 존재는 엄마의 삶에 오랜만에 등장한 활력소였다.

    아이를 바라보기만 해도 기분이 좋아지지만 엄마와 솔이가 함께 있는 모습을 볼 때 제일 기분이 좋다. 내가 보는 모든 장면 중에 제일 따뜻한 장면이다. 이 모습을 오래 기억하고 싶어 그동안은 잘 찍지 않았던 엄마 사진도 많이 찍게 되었다. 아이를 낳고 나서 나는 엄마의 사랑과 희생을 온 마음으로 느끼게 되었고, 엄마는 당신과 같은 과정을 겪게 될 딸에게 더 많은 것을 주고 싶어 했다. 우리는 더욱 많은 것을 공감하게 되었으며 이런 공감대는 약간의 거리가 있었던 우리 사이를 한 걸음씩 좁혀주었다.

시어머니께서 '요즘 사람들은 엄마 말보다 인터넷을 더 믿고 따른다'고 말씀하실 때만 해도 나는 그러지 않을 줄 알았다. 하나부터 열까지 낯선 육아에서 모든 것을 엄마를 통해 배울 수는 없었다. 여기저기에서(특히 인터넷) 주워들은 정보들로 육아를 배워나갔는데, 내 생각과 엄마의 경험이 다를 때는 어김없이 충돌이 일어났다. 다른 의견을 가진 사람과 대화를 잘 풀어나갈 줄 몰랐던 나는 마음에 들지 않는다는 말을 툭툭 내뱉었고 그 말들은 엄마의 신경을 건드렸다.

육아 지식뿐 아니라 조금씩 쌓이는 피곤함과 예민해진 상태는 곧잘 서로를 향한 바늘이 되었다. 하루는 엄마가 솔이를 목욕시키면서 솔이 얼굴을 야무진 손길로 박박 닦았다. 이렇게 해야 콧물과 코딱지가 나온다며 솔이의 코를 비비는 바람에 솔이가 빽 울음을 터뜨렸다. 울음소리를 들을 여유가 남아있지 않았던 나는 엄마에게 앞으로는 그렇게 씻기지 말라고 했고 내 말은 가시가 되어 엄마를 콕 찔렀다. 엄마는 내일부터 오지 않겠다고 선언했다. 나는 알겠다고 대꾸했다. 우리는 아플 걸 알면서도 서로를 찔러댔다. 그날 엄마는 목욕을 마치자마자 집으로 돌아갔다.

이런 다툼이 있고 나면 마음이 편할 리 없다. 어릴 때는 엄마가 먼저 말을 걸어주거나 자연스럽게 상황이 풀릴 때까지 기다렸다. 절대 먼저 움직이지 않았다. 나이가 들고 나서 제일 달라진 점은 엄마와의 관계를 좋게 유지하기 위해 스스로 무엇이라도 하려 한다는 것이었다. 나는 엄마에게 미안하고 또 미안하다고, 서운하게 할 생각은 없었다고 메시지를 남겼다. 메시지를 읽고서도 답이 없는 엄마에게 또 메시지를 남겼고 이내 엄마도 못 이기는 척 답신을 보내왔다. 다음 날 아침에는 아무 일도 없었던 것처럼 평소보다 더 발랄한 메시지를 엄마에게 보냈다.

　우리가 인천으로 이사를 하면서, 집안 사정으로 차를 팔아야 했던 엄마는 버스를 갈아타고 거의 두 시간이 걸려 술이와 나를 돌보러 우리 집에 오셨다. 늘 밑반찬과 먹을 것들로 양손 무겁게 오셨는데 엄마가 힘들 줄 알면서도 나는 엄마가 오는 날만 기다렸다. 거실 창문으로 멀리서 걸어오는 엄마의 모습을 볼 수 있었다. 엄마가 오는 날이면 아직 시간이 안 된 줄 알면서도 술이를 보다가 자꾸 창밖만 내다보았다. 그날도 엄마가 언제 오려나 창밖만 바라보다가 저 멀리서 보이는 엄마 모습에 술이를 안고 창문에 붙어 섰다. 할머니를 발견한 술이는 왜 할머니가 자기를 안아주지 않고 저 멀리에 있는지 이해할 수 없다는 듯 울음부터 터뜨렸다.
　살면서 요리에 관심이라곤 눈곱만큼도 없었는데 술이가 이유식을 시작하면서 매일매일 요리를 했다. 결혼하고 요리를 조금씩 하긴 했지만 하루 세 번 이유식을 만들어 먹이기 위해서는 부족한 솜씨로 하루 종일 부엌에 붙어있어야 했다. 꼭 해야 하는 일일 뿐 좋아하는 일은 아니었기에 요리는 스트레스였다. 그나마 솔이가 잘 먹어주면 괜찮았지만 잘 먹지 않으면 내 요리 솜씨 때문인 것 같아 스트레스는 더 했다. 거기에 하루 종일 아이에게 부대끼며 육아 스트레스까지 쌓인, 아슬아슬한 날이었다.

냉장고에서 솔이에게 줄 반찬을 꺼내는 나에게 엄마는 '바로 먹이면 차가운데 좀 일찍 꺼내놓거나 전자레인지에 살짝 데워서 줘라, 그렇게 먹으면 애가 맛있게 먹겠냐'라고 했다. 그 말이 방아쇠가 되고 말았다. 나는 내가 얼마나 노력하고 있는지, 얼마나 힘든지 엄마가 알면서 그렇게 얘기를 하냐고 소리를 질렀고 방으로 들어와 엉엉 울었다. 그동안 모아놓은 서러움이 한 번에 터진 것처럼 눈물이 흘러나왔다. 콧물 때문에 코가 꽉 막힌 채로 잠이 들었다.

늘 이런 식이었다. 아무리 조심하려고 해도 엄마는 언제나 무슨 일이 있어도 날 사랑해줄 거라는 믿음이 이런 식으로 나를 제멋대로 굴게 만들었다. 잠이 깨자마자 드는 머쓱함과 무안함에 바로 일어날 수가 없었다. 한참을 더 누워있다가 일어나 솔이와 놀고 있는 엄마에게 갔다. "엄마, 미안해." 엄마는 힘들어서 그러려니 하고 넘어가주었다. "자기 엄마가 화나 있으니까 이 조그만 게 눈치를 엄청 보더라." 그 말에 나는 더더욱 못난 사람이 되었다. 성질을 부리고 실컷 울고 나니 내속은 후련해졌지만 나를 제일 믿고 사랑하는 두 사람에게 또다시 상처를 주고 말았다.

엄마는 속이 빈 커다란 가방을 들고서 다시 두 시간이 걸리는 길을 떠났다. 나는 창밖으로 멀어지는 엄마의 뒷모습을 바라보았다. 엄마에게 우물쭈물하다가 못 건넨 한마디가 마음속을 맴돌았다.

엄마, 정말 고마워요.

엄마가 되면

어느 날, 엄마로부터의 카톡.

그래서 사 왔다. 닭 한마리.

맨손으로 손질하려 다가

고무장갑을 끼고서 손질을 했다.

나보다 좀 더 어린 나이에 엄마가 된 엄마

내가 누군가의 엄마가 되고 보니
제일 많이 생각하게 되는 게 나의 엄마이다.

집 청소도 겨우 하는 나와는 달리 깔끔한 성격의 엄마는

솔이에겐
너그러운 할머니.

솔이도 볼 겸 종종 우리집에 오셔서는 늘 매의 눈으로 집안 상태를 확인하신다.

서랍 속 봉투

내가 쓰는 책상은 가로 2미터, 세로 90센티미터로 꽤 크다. 결혼 전에 작업실에 있던 채널 선반을 남편이 자르고 붙여서 상판을 만들어 주었다. 그림 작업을 하려면 책상이 커야 좋을 것 같아서 그렇게 만들었다. 그런데 내가 잠시 잊고 있었던 중요한 사실이 하나 있었으니, 바로 태어나서 책상을 깨끗하게 써본 적이 없다는 것이다. 2미터짜리 책상은 금방 잡동사니로 가득 찼고 지금은 노트 한 권 펼칠 공간만 겨우 남았다. 책상 서랍을 살까 하다가 이것저것 채워 넣기는 쉬운데 뭘 제대로 꺼내 써본 적이 없는 것 같아서 포기. 대신 서류를 넣을 수 있는 크기의 납작한 서랍형 정리함을 네 개 사서 책상 옆 책장에 두고 쓰고 있다. 어딘가에 두기 애매한 것들은 모두 이곳에 넣어두다 보니 정리함마저 내 책상처럼 정리되지 않은 상태로 금세 가득 차버렸다. 이제는 무언가 찾을 물건이 생기면 이 정리함부터 찾아보곤 한다.

어느 날 남편이 서류를 집어놓을 만한 작은 문구용 집게가 없냐고 물었다. 평소처럼 정리함부터 뒤지다가 봉투 두 개를 발견했다. 필이 약간 섞인 채도 낮은 노란색 봉투. 지난 설날에 엄마가 세뱃돈을 담아서 남편과 나에게 준 것이었다. 봉투 겉면에 짧은 편지가 적혀있어서 잃어버릴까 봐 서랍에 넣어두었더랬다.

어렸을 때부터 나는 엄마 글씨가 좋았다. 엄마 글씨는 엄마를 많이 닮았다. 엄마에게 어울린다고 늘 생각했다. 엄마는 서명할 일이 있으면 영문 성인 'Cho'를 필기체로 썼는데, 간결하면서도 멋스러운 그 서명도 좋았다. 따라 하기 쉬워 보여서 종종 연습해보았지만 엄마의 손글씨 느낌을 내는 건 생각보다 어려웠다. 그러다 학창 시절에 엄마에게 혼날 것 같은 일에는 엄마 몰래 엄마 사인을 대신 하기도 했다.

엄마가 써준 편지를 다시 읽었다.

내 사위 승훈이에게

내가 살면서 한 가장 현명한 선택은 승훈이를 사위로 맞이한 것이 아닌가 싶네.

소은이랑 예쁘게 살아가는 모습 보면 더 바랄 것이 없어.

오랜 시간을 같이하지는 못할지라도 그 시간을 소중하게 생각하고 간직할게.

새해 복 많이 받고 서로서로 사랑하는 한 해가 되길….

-장모

큰딸 소은이에게

소은아, 결혼해서 잘 살고 있는 너를 보면 대견스러워.

늘 미안함과 안쓰러움을 가지고 지냈는데 이제 혼자서 모든 걸 해나가는 모습을 보니 엄마가 안심이 되네.

새해 복 많이 받고 건강에도 힘 좀 쓰고 솔이랑 행복하게 살아.

–엄마

집게를 찾다가 발견한 엄마 글씨는 나를 울게 만들었다. 엄마는 문자를 주고받다가도 '잘 지내' '잘 살아' 이런 말들로 마지막 인사를 했는데, 그 말을 볼 때면 엄마가 곧 떠날 것처럼 느껴졌다. 쓰지 말라고 하고 싶었는데 그러지 못했다. 언제부터인가 엄마에게 사소한 표현이라도 부정적인 말들은 하나도 할 수가 없었다. 힘들고 지친 엄마를 그냥 다 받아주고 싶었다. 말 한마디라도 잘 받아주는 그런 딸이라도 되어주고 싶었다. 편지 속 엄마는 여전히 외롭고 쓸쓸해 보였다.

다시 봉투를 서랍 속 같은 자리에 넣어두었다. 다음에 봉투를 발견하면 또 눈물 짓게 될 줄 알면서도.

뽀뽀

침

크리스마스 아침

 나는 크리스마스가 좋다. 캐럴, 트리, 장식들, 밤에 켜지는 조명, 산타 할아버지, 〈나 홀로 집에〉와 〈러브 액츄얼리〉, 그날을 기다리는 설렘까지 모든 것이 좋다. 작년부터는 한 가지 기쁨이 더 생겼다. 바로 딸의 크리스마스 선물을 준비하는 것.

 나와 훈버터는 솔이의 선물을 한참 동안 고민했다. 아직 어리지만 제일 좋아할 만한 선물을 주고 싶었고 즐거워하는 얼굴을 보고 싶었다. 요즘 솔이는 페파 피그라는 만화영화 캐릭터를 제일 좋아한다. 그 캐릭터를 종이에 그려서 오려 주면 한참을 잘 가지고 논다. 페파 피그 인형을 선물하기로 하고 찾아보니 국내에는 거의 없고 중국 오픈마켓에 만화의 등장인물 인형 패키지가 있었다. 보자마자 이거다 싶어 바로 주문을 넣었지만 넘치는 물량 때문인지 크리스마스이브가 다가와도 택배는 감감무소식이었다. 사실 솔이는 크리스마스나 선물 개념이 아직 없어 늦어도 괜찮지만 꼭 크리스마스이브에 산타 할아버지 이야기와 함께 선물을 주고 싶은 엄마 아빠의 마음만 조급해졌다. 다행히 크리스마스이브 이틀 전에 택배가 도착했고, 솔이가 잠든 뒤 우리는 산타마을 요정처럼 선물 준비 작업을 시작했다. 각각의 인형을 감싼 비닐봉투와 가격표를 제거하고 장난감 바구니로 쓰던 빨래 바구니를 비워 인형들을 담았다. 인형을 정리하는 우리 머릿속엔 솔이 생각뿐이었다. 얼마나 기뻐할지! 얼른 선물을 안겨주고 싶었다. 내일 밤에 잊지 않고 머리맡에 꺼내놓기로 하고 솔이가 찾지 못하도록 일단 창고에 숨겨두었다.

훈버터는 여느 날처럼 출근하고 솔이와 둘이서 맞이한 크리스마스이브. 집에만 있기 아쉬워 솔이와 집 근처 카페에 갔다. 샌드위치, 스콘, 커피를 먹고 같이 사진도 찍었다. 둘만의 외출은 내내 긴장을 요해서 몹시 피곤했지만 그래도 역시 좋은 시간이었다. 내가 원하는 삶을 솔이와 함께 즐길 수 있다면 더없이 좋을 것 같다. 1년 뒤 오늘 우리는 또 어떤 모습을 하고 있을까.

크리스마스이브 저녁, 우리는 솔이를 재우다 다 같이 잠이 들었다. 아빠 산타는 완전히 기절해버렸고 나는 다행히 새벽에 잠이 깨서 그제야 준비해둔 선물을 꺼냈다. 솔이가 아직도 새벽에 잘 깨곤 해서 머리맡에 두지는 못하고 침대 옆에 있는 인디언 텐트 속에 숨겼다. 미션은 완수했지만 그래도 크리스마스 새벽인데 왠지 그대로 잠들기 아쉬운 밤. 훈버터를 깨우려다 피곤할 것 같아 그냥 두었다.

육아를 하면서 아이를 재우고 밤에 홀로 마시는 맥주 한 캔이 위안이 되었던 날들이 많았다. 오늘도 감자 칩을 안주 삼아 홀로 맥주를 마섰다. 크리스마스 특집 음악 프로그램을 보는데 그냥 기분이 좋고 행복했다. 12월 내내 들은 캐럴인데도 가수들이 부르는 걸 보니 새삼스레 노래란 좋은 것이구나 하고 느껴졌다. 노래하는 모습이 어찌나 멋있고 예뻤는지 모른다. 모든 것이 좋아 보이는 그런 시간이었다.

어린 시절, 크리스마스에 커다란 양말은 없었지만 크리스마스 아침이면 늘 각자 머리맡에 선물이 놓여있었다. 크리스마스 아침에 일어나면 눈을 뜨기도 전에 머리맡을 먼저 더듬었다. 주로 책, 인형, 장난감 등이었는데 선물 자체도 기뻤지만 산타 할아버지가 올해도 나를 잊지 않고 다녀가셨다는 기쁨이 더 컸던 것 같다. 어떤 크리스마스에는 맛있는 귤이 선물과 함께 놓여있기도 했다. 작고 소소하지만 기쁨이 가득한 크리스마스 아침이었다. 일곱 살 차이가 나는 어린 막냇동생 덕분에 10대 중반에 접어들 때까지도 덩달아 산타 할아버지 선물을 받았다. 그때는 이미 밤늦게 선물을 사러 나가는 엄마 아빠의 수고를 알고 있었지만 그래도 크리스마스 아침에는 늘 설레는 마음으로 머리맡을 만져보았다.

낭만적인 추억이다. 그때는 당연한 일이라고 여겼는데 이제 와 생각해보니 참 번거롭고 귀찮을 수도 있는 일을 부모님께서 오랫동안 잘해주셨다 싶다. 그래서 내가 이렇게 크리스마스를 좋아하게 된 것인지도 모르겠다. 이제는 내가 남편과 함께 우리 아이에게 추억을 만들어주려 한다. 내일 아침 내 머리맡에 선물은 없겠지만 솔이의 크리스마스를 함께하기 위해 오늘은 이만 자러 가야겠다.

역시 난 크리스마스가 정말 좋다.

아쉬움

짐 정리를 할 때

엄마가 되었구나 새삼 느낄 때.
여행 다녀와서 짐 정리를 내가 할 때.

아이는 자란다

일요일 저녁, 마트 갔다가 놀이터에서.

감기 + 육아로 길고 긴 지난 일주일을 보내고 월요일이 돌아오자
왠지 솔이랑 단 둘이 있을 생각만으로도 진이 빠졌다.

그런데 내 생각을 읽기라도 했는지
아침 밥 먹이고 놀다가 피곤해서 깜빡 잠이 들었을 때도

내 위에 같이 누웠다가

책도 혼자 보더니

잠에서 깨서 점심 준비할 때도
(평소엔 계속 놀아줘야 해서 슬이가 낮잠 잘 때 밥을 한다.)

웬일인지 혼자서 너무 나도 잘 놀았다.

→ 누워서
토끼 옷을
만지고 있다.

심지어 책을 볼 여유도 있었다. 오래가진 않았지만~

그러다가 등 뒤로 와서 장난치더니 업고 안방으로 가란다.

등 뒤에서 카메라를 갖고 놀다가 졸렸는지, 카메라를 넘겨준다.

원래는 잠들 때까지 들고 있는다.
그러다가 떨어뜨리기 일쑤.

하나부터 열까지 다 챙겨줘야 하는 아기인 줄만 알았는데.
어느새 이렇게나 많이 컸구나.
아침에 한 생각이 떠올라 미안해졌다.

솔이가 무럭 무럭 자라는 만큼
나도 좀 좋은 사람, 튼튼한 사람이 되었으면 좋겠다.

그러나 감기도 무럭 무럭 자라서 축농증이 되었다.

그리고 나는 또 다시 축축 늘어지는 엄마로.

행복한 육아

아기를 키우면서 제일 힘든 것은 내 시간이 없다는 것 같다.

솔이가 자는 시간 = 자유시간.
그런데 하루 두 번 꼬박꼬박 자던 낮잠도 이제 한 번으로 줄어버리고...

보통 1시간, 길면 3시간인 낮잠은 금방 지나가고

밤 10시쯤 솔이가 잠이 들면 그제야 비로소 자유 시간이 된다.

티비를 보거나

빌려온 책을 보거나

그림을 그린다.

집중이 안 되면 고민한다.

어쩌다 집중이 잘돼도 고민한다.

솔이가 태어나기 전이라면 고민할 필요도 없이 그림을 그릴 테지만,
늦게 자고 일어났을 때 육아에 불어닥치는 후폭풍을 무시할 수가 없다.

내 육아의 최우선은 엄마가 행복한 육아.
출산 전, 혼자만의 시간으로 충전하던 에너지를
솔이와의 시간에서 찾아보려고 노력 중이다.

어린이집

 솔이랑 아파트 놀이터에서 놀다 보면 비슷한 또래의 아이들과 엄마들을 종종 만난다. 낯을 많이 가리는 편인데 아이와 육아라는 공통 관심사가 있으면 누가 먼저랄 것도 없이 "몇 개월이에요?"라고 물으며 대화를 시작하게 된다. 아직은 친구와 같이 어울려 놀 줄 아는 시기가 아니어서 아이들은 각자 놀고 엄마들은 아이가 다칠까 봐 쫓아다니기 바쁜 틈에 잠깐잠깐 대화를 나눈다. 집에서 아이와 단둘이 지내며 아이 눈높이에 맞춘 대화만 하다가 내 또래 어른과 대화를 나누는 시간은 낯설고 어색하긴 해도 같은 과정을 겪고 있다는 사실 하나로 그 나름대로 스트레스를 해소하는 데 도움을 주었다.

 두 살이 넘어가면서 언제 어린이집을 보낼 예정인지 질문을 받기 시작했다. 뭘 알아보고 미리 준비하고 대비하는 성격이 아닌지라 어린이집에 대해서도 아무 계획이 없었다. 세 살까지는 엄마가 키우는 게 좋다고 어딘가에서 주워들은 말이 영향을 미쳤는지도 모르겠다. 놀이터에서 놀거나 산책을 하다 보면 아파트 단지 안에서 선생님과 산책하는 아이들을 볼 수 있는데, 그 모습을 본 술이가 어느 날 자기도 어린이집에 가고 싶다고 했다.

지지고 볶고 부딪치면서도 서로 껌딱지처럼 붙어있는 생활을 하다가 첫 번째 출판 계약을 하고 나서 급하게 어린이집을 알아보았다. 원한다고 들어갈 수 있는 게 아니라 미리 대기 신청을 해놓아야 한다는 애기는 많이 들었는데 정말 그랬다. 프리랜서로 일하고는 있지만, 일단 외벌이로 신청을 해놓으니 거의 가능성이 없어 보였다. 접수에 필요한 서류들을 알아보고서 맞벌이로 다시 대기 신청을 했더니 바로 연락이 왔다.

집에서 두 블록 떨어진 아파트 단지 내 어린이집이었다. 어머니에게 술이를 맡기고 원장 선생님과 상담하러 가는 길, 처음으로 하게 될 학부모 역할에 기분이 이상했다. 입학원서에 술이에 대한 정보를 적고 어린이집에 대해 이런저런 설명을 들었다. 연락만 오면 바로 입학할 줄 알았는데 내년 3월에나 입학이 가능하다고 했다. 아직 11월 말이니 3개월이나 남았다. 내가 술이를 혼자 보낼 수 있을까 고민했으면서 3개월 '이나' 남았다고 생각하다니, 나도 모르게 조금 실망 아닌 실망을 하고 있었다. 집에 돌아오니 술이가 달려와 "선생님이 나 어린이집 와도 댄대?" 하고 물었다.

인터넷에 찾아보니 어린이집 적응 기간에 대한 많은 후기(?)들이 나왔다. 너무나 쉽게 엄마와 떨어지는 아이도 있고, 몇 달이 지나도 떨어질 때마다 우는 아이도 있었다. 평소에 사람을 좋아하고 씩씩한 편이어서 다들 술이는 금방 적응할 거라고 했는데 웬걸, 적응 기간에는 물론이고 잘 다니다가도 아침 등원 시간마다 눈물 바람인 날들도 많았다. 밤에 자려고 누웠다가 내일 어린이집 가는 날이냐고 물어서 그렇다고 대답하면 안 간다고 울기도 했다. 울면서 들어가더라도 바로 울음을 그치고 잘 논다는 선생님 말씀에 안도했지만 진짜 술이 마음이 어떨지 잘 알 수가 없었다. 걱정할까 봐 선생님이 보내주는 사진 속에서도 친구들과 잘 놀고 있기는 했다. 그렇게 봄, 여름을 보내고 가을로 넘어갈 즈음에는 제시간에 데리러 가도 왜 이렇게 일찍 왔냐고 툴툴 거려서 일부러 30분씩 늦게 데리러 가야 했다.

역시 시간이 약이었을까. 술이가 새로운 경험을 할 때마다 겪게 되는 어려움에 엄마인 내가 어디까지 개입해야 하는 건지, 얼마나 지켜보기만 해야 하는 건지 판단하기가 어려웠다. 일단 어린이집에 들어가면 나와 둘이서 놀 때보다 더 잘 놀 것이라고 생각하면서도 아이의 울음소리를 들으며 뒤돌아서기는 참 쉽지 않은 일이었다. 그래도 결국에는 술이 혼자서 낯설고 어려운 환경을 이겨내고 잘 적응했다. 술이에게는 이제 내가 모르는 생활과 시간이 생겼다. 이제 아기에서 벗어난 것 같아 아쉬움도 있지만 사회에서 혼자 생활하는 모습에 기특함이 더 크다. 앞으로 이런 고비들이 수없이 찾아올 텐데, 그때마다 과하지 않고 적당한 엄마 노릇을 잘할 수 있을까? 한 번 두 번 겪을 때마다 조금씩 훈련이 될까? 아니면 매번 같은 실수를 반복하며, 아니 실

수인 줄도 모르고 잘못된 방법으로 솔이 옆을 지키게 되는 것은 아닐까? 고작 한고비 넘기고는 이런저런 생각이 많아졌다.

솔이가 어린이집에 가고 나면 벗어놓고 간 내복 냄새를 맡아본다. 흠흠, 우리 솔이 냄새. 솔이가 잠들고 나서 솔이 사진과 동영상을 들여다보는 것처럼, 솔이를 등원시키고 나서 그리워하고 있다. 어쩌면 솔이의 새로운 생활에 더 적응을 해야 할 사람은 솔이가 아니라 나일지도.

소중한 순간

퇴근하는 눈버터 마중 나갔다가 돌아오는 길.

정말 그렇다.
솔이가 천천히 자라거나 이대로 멈추어주었으면 좋겠다고
생각하곤 한다.

지금 이 순간순간이 정말 좋지만,
다시 안 올 순간이라는 걸 알기에 슬프다.

그래서인지 영화 '어바웃타임'에서 돌아가신 아버지와 함께
어린시절로 돌아가는 장면은 떠올리기만 해도 코끝이 찡해진다.

나도 나의 어린시절로 돌아갈 수 없고,
나중에 우리도 지금 이 시간으로 돌아올 수 없으니까.

이다음에
솔이가 크면,
그래서 혼자서도
잘 잘수 있게 되면
엄마는 업어서 재우던
지금이 많이 그립겠지?

업을 수 있을 때
많이 업어주고
안아줄게.

할머니

낮설지만 보기 좋은 모습. 할머니가 된 엄마의 모습.
아기를 낳으면 딴사람이 된 부모님을 볼 수 있다.

엄마에게 자꾸 물어본다.

솔이를 예뻐하는 엄마를 보면서,
우리 엄마가 나를 이만큼 사랑하는구나 느끼게 된다.

12세 일기

1996년 8월 23일 금요일. 맑음

제목: 내가 부모가 된다면 내 자녀는 이렇게 키울 것이다

내가 부모가 된다면 공부만 강요하지 않을 것이다. 잘하는 것이 있으면 일찍부터 키워줄 것이다. 일주일에 한 번은 외식시켜주고….

학원도 많이 다니지 않게 해줄 것이다. 다니고 싶은 학원만 보내주고 도시락도 맛있게 만들어줄 것이다.(그때도 급식을 할까?) 9시에 취침하게 하고 늦게까지 TV를 보게 하지 않을 것이다. 공부 시간, 자유 시간을 정해놓을 것이다. 공부 시간에 놀면 자유 시간에 그만큼 보충! 형제끼리 싸우지 못하게 할 것이다.

일기를 밀리지 않고 쓰게 할 것이다. 책도 열심히 보게 해야지. 씻기를 게을리하게 하지 않을 것이다. 숙제는 학교에 갔다온 후에 하게 할 것이다.

이렇게 하면 '좋은 엄마'가 될 수 있을까?

엄마가 된 나의 답글: 글쎄, 저 나이에 내가 좋은 엄마를 저렇게 생각했다니! 반어법이었나?

1996년 6월 27일 목요일. 비

제목: 서른 살에 쓰는 일기

2014년 6월 27일 ○요일(이 날짜는 내가 서른 살이 되는 18년 후, 오늘이다)

하나밖에 없는 딸이 상을 받아 왔다. 유치원에서 동시를 잘 외워서 받아 온 것이다. 나는,

"참 잘했구나."

라고 칭찬해주었다. 남은 원고를 완성시켰다.(나는 만화가)

딸이 심심해서,

"엄마, 나 ○○네 집에서 놀아도 돼? 3시까지 올게."

라고 물어보았다. 나는 괜찮다고 했다. 문하생들과 원고를 완성한 후 30분 정도 잤다.

"딩동- 딩동-."

초인종 소리에 잠이 깼다. 딸이었다. 원고도 끝냈으니 딸과 놀이터에 가야겠다. 딸이 무척 좋아했다. 이제부터 딸과 지내는 시간을 늘려야겠다.

처음엔 고민했는데 써보니 재미있다.

서른 살이 된 나의 답글: 이 일기와 얼추 비슷하게 살고 있어서 신기하고 재미있다. 하나밖에 없는 딸은 아직 두 살이고 나는 문하생을 둘 만큼 성공한 만화가는 아니지만 그래도 어린 시절의 바람대로 살고 있구나 싶어 왠지 안심했다. 나이가 들수록 말하는 대로, 생각하는 대로 살게 된다는 것을 점점 더 느낀다. 먼 미래를 대비하는 성격은 아니지만 어떤 모습으로 나이 들고 싶은지는 종종 생각해보곤 한다. 지금 그리는 모습의 내가 10년 뒤에 이 글을 다시 읽었으면 좋겠다.

1996년 11월 3일 일요일. 맑음

제목: 우리 엄마는…

엄마가 우리를 사랑한다는 것은 알고 있다. 그러나 가끔씩 엄마 때문에 화가 날 때도 있다. 소라나 내가 이야기를 하면 아무것도 아니라는 듯이 말을 씹으시는 것 같다.

소현이가 이야기하는 것은 샘날 정도로 다정하게 들어주신다. 나는 시험이라고 오후 예배에 못 가게 하신다. 일요일에 교회 가서 예배드리는 것도 왜 못 하게 하는지 이해를 못 하겠다. 시험 때문에?

시험 보기 위해 공부하는 것도 아닌데… 평소의 자기 실력을 평가해보기 위해 시험 보는 것이 아닐까? 때로는 엄마가 소라와 나에게는 악마처럼 대하고 소현이한테는 천사로 바뀌어서 대하는 것 같다.

엄마, 저는요, 엄마께 하고 싶은 말이 있어도 못 하겠어요. 혹시 무시당하면 어떡하나 하고요…. 그럴 땐 자존심이 팍! 상해요. 저는요, 엄마를 사랑해요. 그리고 그만큼 하고 싶은 말이 많아요! 지금부터 저희에게 조금만 더 관심을 가져주세요. 참! 이 일기 보고 화내지 마세요. 저도 불만을 말할 권리가 있다구요! 엄마, 전 엄마를 사랑해요.

엄마의 답글: 소은이까지 이런 생각을 하고 있는 줄 몰랐다. 항상 쌀쌀맞고 말도 잘 안 하는 너를 보며 엄마에게 이런저런 이야기를 하는 다른 딸들이 부럽기도 했단다. 미안하다는 말과 함께, 엄마가 사랑한다.

선생님의 답글: 엄마의 마음을 네가 알아주렴.

1996년 12월 16일 월요일. 맑음
제목: 엄마의 마음은…
엄마의 마음은 얼마나 넓을까?
오늘 엄마가 소라에게,
"소라야, 너 살 좀 빼야 해. 저녁은 귤하고 미숫가루만 먹으렴. 다 널 생각해서 하는 말이니까 화내거나 울지 말고."

라고 말씀하셨다. 그리고,

"소라가 안 먹는데 엄마가 먹을 수 있나. 엄마도 저녁 안 먹을 거야."

라고 말씀하셨다.

소현이한테 저녁을 먹이시면서는,

"엄마는 소라가 밥 먹고 살찌면 어떡하나 싶어서 저녁을 못 먹게 하는데, 또 소라가 저녁을 안 먹으면 마음이 아프고… 이게 엄마의 마음이란다."

라고 말씀하셨다. 엄마의 마음속엔 천사가 살고 있나 보다. 나도 저런 엄마가 될 수 있을까? 될 수 없을 것 같다. 나는 나만 생각하는 것 같기 때문이다. 선생님도 엄마니까 엄마 마음 이해하시죠?

서른 살이 된 소라의 답글: 저렇게까지 살 빼도록 했는데 다시 이 지경이 되어 죄송할 뿐….

4장

어쩌면 엄마는 심심했을까?

또다시 그날

아침부터 속이 좋지 않았다. 중요한 시험을 앞둔 사람처럼 계속되는 긴장에 배 속은 힘이 풀리지 않았다. 엄마와 함께 병원에 가는 날이었다.

두어 달 전부터 엄마가 기침을 많이 하고 음식을 제대로 먹지 못하는 날들이 계속되었지만 나는 곧 괜찮아지겠지, 괜찮아지겠지, 막연하게만 생각했다. 이제 몸에 군데군데 작은 혹이 튀어나온다고 이야기하는 엄마에게 왜 바로바로 병원에 가지 않았느냐고 걱정 섞인 핀잔만 건넸다. 그러나 기침 소리는 점점 심상치 않아졌고 동네 병원에서 이것저것 검사를 해보아도 딱히 병명이 나오지 않았다. 역류성 식도염 약을 처방받고 다시 식사를 조금이나마 하실 수 있게 되자 우린 모두 식도염인 줄로만 알았다. 그러다 의사의 권유로 위 내시경을 받았는데, 생각지도 않았던 위암 초기라는 결과를 듣게 되었다. 급히 아산 병원에서 며칠 동안 정밀검사를 받았다. 그날은 검사 결과를 확인하러 가는 날이었다.

병원에서 엄마를 만나기로 하고 출근하는 남편 차를 타고 서울로
나왔다. 시댁에 들러 솔이를 맡기고 지하철을 타고서 병원으로 향하
는 내 마음은 뭔지 모를 긴장감으로 가득 차서 머리까지 멍멍해졌다.
병원은 아침부터 사람들로 가득했다. 엄마는 친구분과 함께 병원에
와있었다. 위암 초기면 괜찮을 거야, 심각하지 않을 거야, 힘들고 아
프겠지만 그래도 나을 수 있을 거야. 대기실에 앉아 차례를 기다리는
동안 근거 없는 바람들이 머릿속을 떠나지 않았다.

　검사 결과는 유방암 4기, 재발이었다. 간과 폐 등에 전이가 된 상태
였고 뼈 전이도 의심이 된다면서 뼈 스캔 검사를 받아보자고 했다. 함
께 의사의 설명을 듣던 엄마 친구분이 내 어깨를 꽉 쥐셨다. 제일 궁금
했던 것은 차마 물어볼 수 없었다. 그럼 우리 엄마 살 수 있어요? 얼마
나 남았어요? 진료실을 나오자마자 엄마 앞에서 무너지듯이 울고 말
았다. 엄마는 예상했다며 오히려 담담했지만 나는 주변 환자들을 배
려할 겨를도 없이 엉엉 울었다. 남편에게 전화로 소식을 전하면서 또
울었다. 놀란 남편은 반차를 쓰고 병원으로 달려와주었다. 어느 노랫
말처럼 슬픈 예감은 빗나가지 않았다. 엄마는 다시 길고도 외로운 싸
움을 시작해야 했다. 창밖에는 눈이 예쁘게 내리고 있었다.

　며칠이 지나는 동안 나는 또 안일한 마음이 되었다. 지난 첫 번째 암
처럼 항암 받으면 낫겠지, 의사가 알아서 치료해주겠지, 엄마가 알아
서 하겠지. 이렇게 생각하는 내가, 나도 모르게 되어버렸다. 말기 암.

인간은 누구나 죽지만 엄마는 죽음이 좀 더 빨리 진행될 수 있겠구나 하는 생각이 드니 그제야 정신이 번쩍 들었다. 어떻게 하면 엄마의 상황을 조금이라도 이해할 수 있을까. 아니, 짐작이라도 할 수 있을까. 무얼 해야 할까. 어쩜 이렇게 5년 전 엄마의 모습이 기억나지 않을까. 첫 번째 항암 치료, 힘들어했던 모습, 다시 머리가 자라났을 때, 전부 기억이 희미했다. 고작 5년이 지났을 뿐인데… 익숙함은 이렇게 무서운 것이었다.

　나에게 솔이는 태어나면서 내 인생에 새롭게 등장하게 된 아이지만, 솔이에게 나는 태어나는 순간, 아니 태어나기 전부터 당연히 존재했다. 당연히, 잊고 살아온 단어, 엄마도 나에게 그런 존재였다. 내 인생에서 엄마가 없었던 순간은 단 한 번도 없었다. 내가 지금 솔이와 함께 있듯 엄마도 그렇게 언제나 내 곁에 함께였다. 아파트 단지에서 뛰노는 솔이를 보면서, 내가 그동안 하고 싶은 대로 하면서 자유롭게 살아온 게 내가 잘나서가 아니라 엄마가 지켜봐주었기 때문이었다는 것을 뒤늦게 깨달았다. 전부 엄마가 아니었으면 이루지 못했을 것들이었다.

　하루하루 몸이 나빠지는 것을 느껴서인지 엄마는 갈수록 표정이 안 좋아졌다. 그래도 솔이 덕분에 조금이라도 웃을 수 있어서 다행이었다. 우리가 친정에 가면 불편해서 제대로 쉬지도 못하는 거 아니냐고 물으니, 엄마는 솔이를 보는 게 힐링이고 숨 쉬는 일이라고 말씀하셨다. 엄마가 옆에 계실 때 술이를 낳은 것이 정말 감사하고 감사한 일이었다.

요즘 들어 우리 가족이 다 같이 살던 때, 아빠는 일하고 엄마는 건강한 그때를 자주 떠올린다. 그리고 다시는 되돌아갈 수 없음에 마음이 아파진다. 건강하고 예쁜 엄마의 모습을 우리 모두 알고 있는데 그 모습을 다시 보기가 너무나 힘들다는 사실이 절망스럽다.

남편이 다 잘될 것이라며 안아주었다. 더 강해져야지. 몸도 마음도 머리도.

항암 부작용

항암치료를 받기로 했다.
수술은 할 수 없는 상황이고
항암 횟수도 정해지지 않은, 끝이 보이지 않는 엄마의 싸움.

항암으로 인한 부작용과 갈수록 저하되는 체력에 엄마는 지쳐갔다.

하루는 친정에서 엄마와 둘이 있는데 이런 말씀을 하셨다.

엄마는 나중에 화장해줘.
장례도 간단히 하고 싶은데.

그 날의 그 순간이 머릿속에 박혀 잊히지 않는다.

8번의 항암으로 식사도 거의 못 하시게 되어 엄마의 몸은 약해질 대로 약해져 있었다. 그리고 그 상태로 9차 항암이 진행되었다.

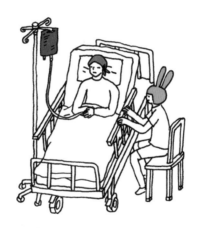

이제는 혼자서 걸을 수도 없게 되어버린 엄마.

점점 누워만 계시는 시간이 늘어났다.

펭귄

엄마. 프로필 사진에 웬 펭귄이야??

솔이 이제 잠들었어.

솔이가 뽀로로 좋아해서.
노는 게 좋아서 안 자려
하는구나.
힘들겠네.

요즘 내 마음이 남극의 펭귄
같아서.

오... 왠지 멋진 말.. 그게
어떤 마음인데?

추위에도 잘 견디잖아.
나도 어떤 고난에도 견뎌야
하잖아.

두 번째 투병

엄마가 암 재발 진단을 받기 3개월 전쯤, 검찰에서 사람들이 나와 아빠를 데려갔다. 공인회계사법을 위반했다는 이유에서였다. 4년 전에 금융감독원과 서울중앙지방법원에서 모두 죄가 없다고 무혐의 처리된 일로 수사관이 집으로 찾아와 아빠를 체포해 갔다. 그렇게 아빠는 재판을 받는 동안 구치소에 수감되었고 얼마 지나지 않아 엄마의 투병이 시작되었다.

친정집에는 엄마와 두 동생이 남아있었다. 둘째는 빵집에서 일하느라 아침 7시까지 출근을 했다. 어릴 적부터 몸이 약했던 막내는 사회성과 학습능력 등이 부족해 고등학교를 졸업한 후로 내내 엄마와 지냈다. 할 줄 아는 것이 거의 없는 막내 대신 하루 종일 일하고 돌아와 집안일까지 해야 하는 둘째가 점점 힘에 부쳐 보였다. 낮 동안 엄마와 막내 단둘이서만 집에 있는 것도 걱정되어 엄마를 우리 집으로 모시려고 했다. 하지만 엄마는 더 힘들어지면 그때 가겠다면서 매번 거절했다.

거듭된 항암 치료로 약해진 엄마가 결국 우리 집으로 왔을 때는 이미 엄마 혼자서는 화장실을 가기조차 힘든 상태였다. 어차피 어린 솔이와 거의 온종일 집에 있으니 괜찮을 거라고 생각했는데, 생각지 못한 어려움에 부딪혔다. 식사를 제대로 못 하는 엄마에게 밥을 먹여드릴 때면 솔이가 잔뜩 샘을 냈다. 내가 엄마 곁에서 시간을 보내려고 하면 자기와 놀자고 떼를 썼다. 할머니의 상태를 이해하기에 솔이는 너무 어렸다. 엄마 눈에도 육아와 간병을 병행하는 딸이 힘들어 보였을 것이다. 이틀 정도 지났을 때 결국 엄마는 둘째에게 연락해 집에 가고 싶다고 말했다. 온 가족이 우리 집에 모였다. 아무리 설득해도 엄마는 고집을 꺾지 않았고 그 몸으로 운전을 해서 집에 가겠다며 대문을 나섰다. 결국 둘째가 그냥 집으로 가겠다면서 엄마를 모시고 돌아갔다.

도대체 왜 이렇게 자식들 마음은 몰라주고 엄마 멋대로 행동하는지 화가 났다. 집으로 돌아간 엄마는 화난 것 안다고, 미안하다고, 그래도 집에 가고 싶었다고 문자를 보내왔다. 화라니⋯ 내가 화를 낼 자격이나 있는지. 애초에 내 마음 편하자고 엄마를 모시고 온 것은 아니었을까. 엄마에게 부끄럽고 미안했다. 남에게 피해 주는 것을 싫어하고 나보다는 둘째를 편하게 생각하는 엄마에게는 집이 편할 수밖에 없었을 것이다. 그 뒤로는 무턱대고 우리 집에 가자고 하기보다는 여유가 생길 때마다 친정집으로 가서 잠깐이라도 엄마를 보고 왔다.

엄마는 가끔 정신을 잃어 구급차를 타고 응급실에 가기도 했다. 친구분과 갈 때도 있었고 둘째와 갈 때도 있었다. 병원에서 좀 더 지켜보자고 해도 정신을 차린 엄마는 곧바로 집에 돌아가고 싶어 했다. 응급실에 갔다가 집으로 돌아오면, 내내 누워만 있는 시간이 늘어났다.

징역 1년을 구형받은 아빠는 항소했고 거의 모든 사람들이 집행유예로 풀려날 것이라고 예상했다. 항소심이 있던 날 훈버터는 반차까지 쓰고 아빠를 모시러 가려고 했지만 검찰 측의 반대로 무산되어 아빠는 남은 5개월 정도를 더 구치소에 있어야 했다. 그 소식을 들은 나는 마치 모든 상황이 엄마를 죽게 하려고 돌아가는 것처럼 느꼈다. 왜 우리 엄마에게 이렇게까지 해야 하나.

선뜻 전화기에 손이 가지 않았다. 한참을 망설이다 엄마에게 전화를 걸어 소식을 전했다. 수화기 너머의 엄마는 몹시 실망한 목소리였지만 내게는 괜찮다고 했다. 나중에 엄마 친구분들께 전해 들었는데, 아빠 소식을 들은 엄마는 '더는 버티지 못할 것 같다'고 말했다고 한다.

며칠 뒤, 엄마가 많이 안 좋은 것 같다는 둘째의 연락을 받았다. 마침 시부모님이 와계셔서 솔이를 맡기고 친정으로 향했다. 도착하니 정신을 잃었던 엄마는 다시 정신을 차린 상태였다. 우리를 보며 "가엾어서 어떡하니"라면서 그래도 조금 있으면 아빠가 나올 거니까 그나마 다행이라고 했다. 스무 살, 서른 살이 넘어도 엄마에게 우리는 여전히 지켜주고 보듬어주어야 할 어린 자식들일 뿐이었다. "그동안 오래 살지 않고 일찍 죽고 싶다고 해서 이렇게 되었나 봐." "그래도 3년만 더 살았으면…" 하고 이야기하는 엄마 앞에서 우리는 우는 것밖에 할 수가 없었다. 엄마와 같이 한방에서 잠을 청하면서 그동안 솔이랑 와서 많이 자고 갈걸, 또다시 뒤늦은 후회만 했다.

광복절인 토요일 오후, 둘째에게 전화가 왔다. 엄마가 병원에 가고 싶어 해서 구급차를 부르려 한다고. 엄마가 먼저 병원에 가겠다고 한 것은 처음이었다. 혹시 병원에서 간병을 해야 할지도 몰라 캐리어에 짐을 챙겨서 출발했다. 시댁에도 연락을 드려 솔이를 부탁했다. 서울로 향하는 차 안에서 멍하니 창밖을 바라보았다. 엄마의 심경 변화에 안심해야 할지 불안해야 할지 알 수가 없었다. 결국 이 이야기의 끝은 무엇일까.

엄마는 하룻밤을 아산 병원 응급실에서 보낸 후 바로 입원하셨다. 우리는 한참 동안 집으로 돌아올 수 없었다.

엄마를 위한 선택

응급실에서 엄마와 단둘이 보내는 밤.

이때까지만 해도 여느 때처럼
항암 부작용이라고 생각하고 있었다.

병원에 오기 열흘 전 즈음. 고기를 사주겠다고 하셨던 엄마.

엄마의 고집에 못 이겨 고깃집에 예약하려고 전화해보니
이미 만석이라 고깃집은 못 가고 근처에서 냉면를 사와서 먹었다.

엄마는 그때 일을 두고두고 아쉬워하셨다.

그즈음 엄마는 친구분들도 차례로 동네로 초대해서
식사대접을 하셨다고 했다.
아마 시간이 많지 않다고 느끼셨나 보다.

다음 날 나온 MRI 결과는 뇌 전이였다.

곧이어 척추에서 뇌 척수액을 뽑는 검사도 진행되었는데
엄마는 기억을 하지 못했다.

빗나가길 바랐던 예감은 들어맞고 말았다.

그동안 걷지 못했던 것도 날짜가 가는 걸 잘 몰랐던 것도
발음이 가끔씩 어눌해졌던 것도 모두 뇌전이 때문이었다.

엄마는 입원 치료를 받기로 했다.

병원 입원 안내 중.

암 재발을 알게 되었을 때
엄마는 마음을 편하게 가지겠다고 하셨었다.

좀 더 알아보고 좀 더 좋은 음식 먹고
좀 더 좋은 곳에서 지냈어야 했을까.

많은 생각들이 나를 괴롭혔다.
후회는 언제나 늦었다.

내가 괴로워하는 사이에 엄마는 한시가 다르게
상태가 안 좋아져만 갔다.

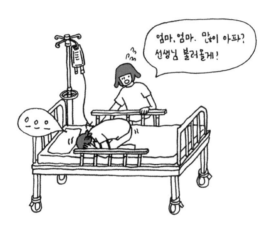

예전엔 엄마가 다 나았으면
좋겠다고 생각했는데
이젠 엄마가 걸어다닐 수만
있으면 좋겠어.

그치...
나 이제 엄마랑 놀 시간
많은데. 엄마가 아프니까.
아무것도 같이 할 수가 없어.

말도 잘 못하시고 기억도 잘 못하시고
의식이 끊어질 때가 점점 많아졌다.

이미 약해질 대로 약해져 있는 엄마를 두고
방사선 치료를 할 것인지 말 것인지 결정해야 했다.

6년 전 방사선 치료 받았던 기억이 안 좋았던 엄마는
싫은 내색을 하셨지만 치료를 안 하겠다고는 차마
하지 못 하셨다.

엄마의 싫어하는 얼굴과 자꾸 끊어지는 의식, 앞으로 다가올 고통,
여러 조언들 속에서 결정은 온전히 우리의 몫이었다.

조심스럽게 건네주신 고마운 조언들.

시부모님.

나의 바람은 하나였다.

남기고 싶은 이야기, 해주고 싶은 이야기가 얼마나 많으실까.

아니면 이것도 나의 욕심일까.

방사선 치료에 따라올 고통과 부작용들.
어느 것이 엄마를 위한 것인지 알 수가 없었다.

방사선 치료를 받을 것인가
아니면 엄마가 더 이상 아프지 않도록 통증 완화만을 위해
호스피스 병원으로 옮길 것인가.

앞이 보이지 않지만 마지막 한가닥 남은 치료의 끈을 쉽게
놓을 수가 없다.

결국은 동의서에 사인을 하고 돌아왔지만 마음은 너무나 무거웠다.

이번엔 심폐소생술에 관한 이야기 .

호흡이 멈추면 심폐소생술을
하게 되는데 어머님 같은 경우
다시 호흡이 돌아온다 해도
암 세포는 그대로 이기 때문에
큰 의미가 없을 것 같습니다.
그 과정도 많이 괴로우실 수
있구요 ..

병원에 있으니 뭔가 결정할 일들이 많다.

하루 하루가 무지 길다-

우리가 있는 병원엔 호스피스 병동이 없어
만약의 사태에 대비해 호스피스 병동도 알아보기 시작했다.

엄마는 문득문득 돌아왔다.

난 그 순간을 놓칠 새라 신이 나서 떠들었다.

병원에 있는 며칠 동안 마음의 준비가
조금 됐다고 생각했었는데 아니었다.

엄마는 금세 다시 잠이 들었다.

우리 모두가 건강했을 때의 엄마를 알고 있는데
돌아갈 수 없는 과거란 얼마나 마음이 아픈 것인지.

엄마가 건강하실 때 솔이의 1순위 였다.

내 생애 가장 긴 일주일이 지나고 있었다.

병원에서 방사선 치료를 시작하기로 한 날.

잠시 후.

아무 것도 들리지 않는 듯이 멋대로 행동하는 엄마.

엄마는 방사선 치료도 받을 수 없게 되었다.

지금 세 가지 방법이 있습니다.
첫째는 그래도 방사선 치료를 받을 수 있을
정도로 상태가 호전되길 기다려 보는 것인데
사실 가능성이 낮습니다.
둘째는 이곳에서 완화치료 쪽으로 돌려서 하는
것이고 셋째는 호스피스로 가는 것이 있습니다.
저 같아도… 쉽게 결정할 수 없는 어려운
문제인 것 같습니다.

선생님은 자세하고 친절하게 모든 상황을 알려주신 후
시간을 두고 천천히 결정하라고 하셨다.

괜찮아?
이제 어떻게 할까?

모르겠어.
엄마가 어떻게
하고 싶을까?

엄마의 고통은 점점 더 자주, 더 길게 찾아왔고

결국 우리는 호스피스로 가기로 했다.

아산병원 안에 호스피스 코디네이터와
상담을 받고 '전진상 의원'과 '서울 성모병원'에
서류를 접수해두기로 했다.

어느 곳이나 대기는 있어요.
짧으면 며칠 길면 몇달도
걸려요.

며칠 뒤, 전진상 의원에서 연락이 왔다.

엄마. 우리 다른 병원에 갈거야.
가서 엄마 안 아프게 해서
체력 회복하고 난 뒤에
다시 와서 치료받자.
알았지?

응.

호스피스로 가기로 결정했지만 막상 병원을 떠나려니
또 다시 밀려오는 불안, 걱정, 두려움.

병원을 옮기는 날이 되었다.
엄마는 아침부터 고통을 호소하셨고 구급차로 이동하는 내내
안심할 수 없는 상황이었다.

빨리 가도록
할게요.

삐비빵
삐비빵!!

복지관, 의원, 약국, 호스피스로 이루어진 전진상 의원.
벨기에에서 오신 수녀님이 고 김수환 추기경의 추천으로 1975년에 만든 곳이다.

주택을 개조한 곳으로 호스피스 병동은 일반 가정집의 모습이었다.
창 밖으로 뒷마당의 감나무, 모과나무가 보이는 엄마의 병실이 마음에 들었다.
건물이 오래되어서 걱정을 했었는데, 너무나도 관리가 잘 되어 있었다.

밝고 따뜻하고 깔끔하고,
와- 정말 좋다.

어머님이 지금까지는 암과 싸우는
치료를 하셨다면 지금부터는
통증을 완화하는 치료를 받게
되실 거예요.

24시간 진통제를 투여받게 된 엄마.

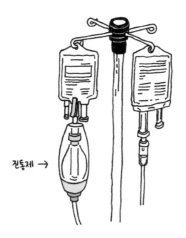

진통제 →

통증이 사라진 대신 엄마는 하루 종일 거의 잠만 잤다. 아니 잠 자는 것처럼 보였다.

가끔 눈을 뜨고 한 마디 말을 건네주면
그게 얼마나 감사하고 힘이 되는지.

엄마, 아까 잘 때
친구분 다녀가셨어.

이따가 다시 오신대.

아....
깨우지.

그동안은 동생과 교대로 24시간을 지켰는데
이번엔 밤에만 간병인을 쓰기로 했다.

앞으로는 체력전이야.
무리해서 너희까지 병나면
큰일난다.

많은 분들이
해주신 말씀.

밤에 엄마가 우리를
찾진 않을까 싶어요.

엄마가 많이 걱정되죠.
그래도 이제 이별하는
준비도 해야 해요.

전진상의원에 계신
사회복지사 선생님.

엄마를 두고 집에 가는 길.
엄마가 아플 뿐인데 모든 게 다르게 느껴진다.
엄마와 길을 걸으며 수다떨고 싶다.

집에 갈 때마다 생각한다.
오늘 밤이 무사히 지나가기를.
밤새 전화가 울리지 않기를.
내일 아침이 빨리 오기를.

아침 9시.
다들 출근하는 시간에 난 병원에 간다.

이제는 미리 준비해 두어야 해요.
엄마가 돌아가시면 갈아입을 옷이랑
영정사진, 그리고 장례식장이랑
어디에 모실지 미리 생각해 두세요.

우린 하나씩 준비해나가기 시작했다.

엄마가 예전에
이 사진이 좋다고
이걸로 영정사진
해달라고 했어.

아, 진짜? 난 몰랐어.
나한테는 화장해달란
얘기는 하셨어.

상조랑 장례식장은
내가 알아볼게.

그러면서도 난 엄마가 돌아가실 거라곤 믿지 않았다.
좀 더 우리랑 계셔주실 거라고.
엄마의 힘듦은 생각하지 않은, 이기적일 수도 있는 바람.

그렇게 일주일이 지나고

밤낮으로 엄마와 같이 지내는 생활이 다시 시작되었다.

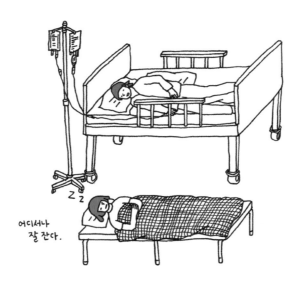

어디서나
잘 잔다.

감사하게도 시부모님께서 솔이를 계속 돌봐주셨다.

솔이는 첫 영상통화 때 한 번 울더니 그 뒤로는 괜찮았다.
엄마 찾는다고 울고 보채는 것도 없었다.

여러 가지 여건이 잘 맞아서 엄마 곁에 있을 수 있어
얼마나 감사한 일인지.

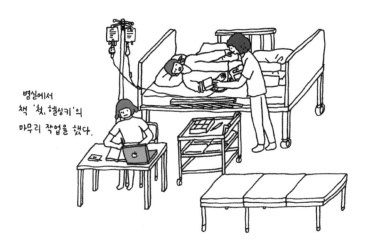

병실에서
책 '첫, 헬싱키'의
마무리 작업을 했다.

전친상 의원에서의 생활은 아주 만족스러웠다.
엄마도 편해 보이고 우리도 몸도 마음도 편했다.

일주일에 한 번씩 있는 음악치료.

엄마는 갈수록 눈도 거의 안 뜨고
말도 전혀 할 수 없게 되었다.

다행히 무사하게 맞이한
엄마의 생신.

아직도 낯설기만 한 엄마의 모습.

엄마와 맛있는 밥 한 끼 먹으며 좋일 좋알 이야기 하고 싶다.

지금 당장이라도 그렇게 할 수 있을 것 같은데.
그런 시간이 다시 올 수 있을까.
다시 온다면 언제가 될까. 너무 막연한 기다림일 뿐이었다.

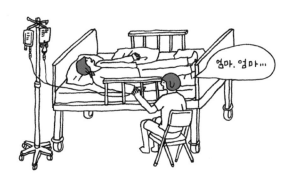

많은 사람들이 엄마를 보러 왔고

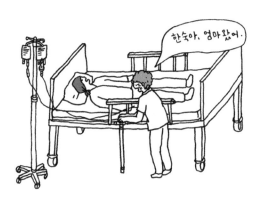

많은 사람들이 연락을 주었다.

우리는 며칠 동안 고민하던 장지를 선택했고

그날 오후, 영정사진도 완성되었다.

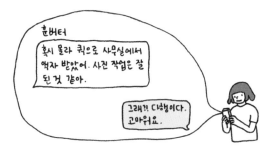

그리고 그날 새벽.

다른 날은 잠들면 아침까지 풀잠 자는 내가 너무나 또렷하게 잠이 깼다.
다시 잠을 청하며 누워서 듣는 엄마 숨소리.

순간이었다.

엄마가 날 깨운 것이었을까.
얼른 나아서 예전처럼 솔이와 놀아주고 싶다는
엄마의 바람은 결국 이루어지지 않았다.

그리고 열흘 뒤

새벽 4시 43분에 엄마의 숨이 멎었다. 간호사 선생님을 부르고, 동생에게 전화하고, 훈버터에게 전화하고, 동생들이 오고, 짐을 정리하고, 훈버터가 오고…. 그 순간들이 드라마 속 장면처럼 머릿속에서 흘러간다.

그 뒤의 일은 거의 훈버터가 맡아서 처리해주었다. 장례식장, 상조회사, 화장터, 부고 알림 메시지, 계약….

장례식장은 여러 교통편을 고려해 강남 성모병원으로 정했다. 장례식장 안내 게시판에 엄마 사진이 걸렸다. 그 사진을 본 엄마 친구분들은 많이 슬퍼하셨다. 엄마의 친구들과 나이 많으신 조문객들이 엄마에게 절하는 모습이 위화감이 느껴지면서 너무나도 슬펐다. 왜 우리 엄마가 절을 받고 있어야 하는 것일까. 영정 사진 속 엄마의 모습이 친근하면서도 낯설었다. 많은 분들이 엄마를 위해, 그리고 우리를 위해 오셨고 담담한 표정의 엄마 영정 사진 앞에서 절을 하거나 기도를 해주었다. 처음부터 끝까지 눈물 바람은 아니었다. 그래도 울고 싶은 만큼 마음껏 울었다.

처음 본 입관식은 생각보다 경건했고 엄숙했고 아름다웠다. 장의라는 일, 누군가의 마지막을 담당하고 마무리를 해주는 일은 정말 멋있고 감사했다. 혹시 몰라 우황청심환을 드시고 염하는 모습을 보러 들어간 할머니도 깨끗하게 잘한다고 하셨다. 엄마의 마지막 모습을 상상해본 적은 없었는데, 생각보다 편안해 보였다. 자고 있는 것 같았다. 숨만 쉬지 않을 뿐. 마지막으로 엄마 품에 얼굴을 대고 엄마를 안아주었다. 믿을 수 없었다. 장례식이 끝나가는 것이 아쉬웠다. 엄마와 아빠는 결국 마지막까지 만나지 못했다. 아빠는 입관식에서야 엄마를 볼 수 있었다.

화장은 당연한 절차라고 여태 생각해왔다. 죽고 나서 남은 몸, 어차피 죽은 몸은 최대한 남기지 않는 것이 좋다고 생각했다. 화장하고 나온 엄마의 뼛조각을 보면서 괜히 했다는 생각이 들 줄은 몰랐다. 이제 정말 내가 알던 모습을 한 엄마는 없다는 사실이 마음 아프고 먹먹했다. 이제 엄마를 보고 싶어도 볼 수 없구나.

보고 싶어도 볼 수 없다는 사실은 정말 상상할 수 없는 감정을 느끼게 만들었다.

발인까지 마치고 시댁으로 돌아가자마자 그동안의 피로가 몰려와 잠이 들었다. 그러다 잠에서 깼는데, 그때의 기분을 잊을 수가 없다. 슬플 것이라는 건 당연히 알고 있었지만 이 정도일 줄은 몰랐다. 가슴이 답답하고 답답하고 답답했다. 할 수 있는 게 아무것도 없다. 시간은 되돌릴 수가 없다. 그런 것들이 정말 뼈저리게 느껴지면서 슬픔을 넘어 두렵고 무서웠다. 눈을 감는 찰나에 엄마의 모습, 건강했을 때, 아팠을 때, 마지막 즈음, 그리고 마지막이 떠올라 무서웠다.

열흘이 지났다. 지금은 무서움보다는 먹먹함을 느끼며, 여전히 실감나지 않는 그런 기분으로 살고 있다. 어떤 일을 치를 때 '식'을 하는 것이 거추장스럽고 쓸데없다는 생각을 가지고 있었다. 그중 하나가 장례식이었는데, 장례를 치르고 며칠이 지난 지금 나는 그 순간을 몹시 그리워하고 있다. 모두가 엄마를 생각해주던 그날들이 그립다. 슬픔과 위로와 이별을 위해 마련되었던 그곳이 그립다. 마음껏 울 수 있었던 그 시간들이 그립다.

신기하게도 임신했을 때는 임신부만 보이고 솔이가 아기일 때는 아기들만 보이더니 이제는 길거리에서 엄마와 함께 걷고 이야기하는 사람들만 눈에 들어온다. 횡단보도에서 신호를 기다리는 고등학생 딸과 엄마, 카페에서 손주를 안고 있는 엄마를 찍어주는 딸, 쇼핑몰에서 엄마와 팔짱 끼고 걸어가며 도란도란 이야기하기 바쁜 딸…. 부러운 마음에 나도 모르게 자꾸 시선이 간다.

엄마는 어디에 있을까. 우리를 보고 계실까 아니면 우리에 대해선 전부 잊고 다음 생을 준비하고 계실까. 아니면 그냥 그것으로 끝이었을까. 우리를 잊었더라도 상관없으니 엄마가 꼭 행복했으면 좋겠다. 모든 슬픔은 우리에게 남겨두고 꼭 행복했으면 좋겠다. 오래오래 건강하게.

　동생은 엄마가 외할아버지를 만나 두 분이 술 한잔 하고 있을 거라고 한다. 그랬으면 좋겠다. 나도 언젠가 엄마를 다시 만나 함께 술을 마실 수 있었으면 좋겠다.

가족

여지없이 시간은 흘러 모든 장례 절차가 끝났지만
난 집에 돌아가지 않은 채 친정집에서 지냈다.

여전히 슬프지만 슬픔은 조금 흐릿해졌고

어딘가에 엄마가 살아 계실 것만 같은 기분은 점점 더 짙어진다.

엄마 옷,가방 등 정리하는 날.

그리운만큼 미안함이 커져가는 매일매일.

그래도 우린 오늘도 잘 살아가고 있다.

내가 결혼을 하기 싫었던 이유 중에 하나는
'가족'이라는 무게가 너무나 크게 느껴졌던 것도 있었다.

가족 하면 떠올리게 되는 그 복잡미묘한 감정들과
가족이니까. 라는 말에 따라오는 책임감 -
그런 것들을 감당할 자신이 없었다.

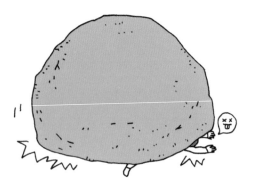

'엄마'라는 말에 떠오르는, 여러 가지가 어우러진 어쩐지 슬픈느낌도 부담스러워
내가 누군가에게 그런 것들을 떠올리게 하는 존재가 되고 싶지 않았다.

라디오에서 흘러나오는
누군가의 '엄마'에 관한 사연.

하지만 이제는 가족이라는 것의 무거움보다는
가족이 있다는 것의 의미를 조금 알게 된 것 같다.

김참이슬
언니랑 형부랑 막내가 있어서
다행이에요.

훈버터
그래. 그런 게 가족인거야.

이번 엄마 일을 겪으면서 '힘내'라는
말이 얼마나 와닿았는지 모른다.
말 한마디의 힘을 절실히 느낄수 있는
나날이었다.

감사한 친구분들, 지인들의 격려,
웹툰에서의 댓글, 그리고 가족의 힘.

정말 감사합니다! 제가 다음에 꼭
맛있는 식사라도 대접할게요!

괜찮아. 내가 아프면 한숙이도
그랬을 거야. 우린 친구니까.

말로 표현할 수 없는 고마운 인연들은
엄마가 주신 마지막 선물이었는지 모르겠다.

우리 딸,
힘내!

솔이와의 목욕시간.

문득 어렸을 때 집에서 엄마가 때 밀어주시던 기억이 났다.

대답 없는 카톡

알고 있지만 반아들일 수 없는 사실.

오전 1:45 1 엄마 메리크리스마스!

디어 마이 프렌즈

어느 날 희자 이모가 입 안의 솜사탕처럼
사라져버릴 수도 있겠다고 생각했다고 한다.
그래서 오래도록 이모를 안았다고 한다.
언젠가 이렇게 이모를 안고 싶어도 못 안을 날이
오고야 말 테니까.

'디어 마이 프렌즈' 중에서.

뒤늦은 깨달음

엄마는 마지막으로 병원에 입원해 있는 동안 거의 잠들어있었지만 깨어있을 때도 묻는 말에 대답을 잘 하지 않으셨다. 엄마가 깨어있을 때 왜 말을 안 하냐고 물으니 "귀찮아서"라고 하셨다. 그런 이유라니 안심이 되면서도 한편으로는 어이가 없기도 했다. 얼마나 많은 사람이 엄마를 걱정하고 엄마의 말 한마디를 들으려고 기다리는데, 고작 그런 이유라니.

지금에 와서야 조금 알 것 같다. 엄마가 그 정도로 힘들었구나. 말 한마디 내뱉기 어려운 고통, 무기력, 다가오는 죽음, 슬픔… 그 많은 것들을 내가 어떻게 이해할 수 있을까. 안심했던 것도 어이없어 했던 것도 뒤늦게 미안하고 미안하고 또 미안하다.

벌써 9개월이 지났다.

처음이라서

　매년 연말이면 친구들과 모여서 우리끼리 파티를 한다. 올해는 방을 잡고 1박 2일로 시간 걱정 없이 놀기로 했다. 파티는 매년 거의 비슷하게 진행되는데, 작년에는 종이 뽑기로 마니또를 뽑아 몰래 1년 동안 잘해주고 1년 뒤에 각자의 마니또를 맞혀보는 우리만의 장기 프로젝트를 진행했다. 한 친구가 카드를 준비해 와서 각자의 마니또에게 카드를 적고 1년 뒤에 선물과 함께 주자고 제안했다. 언제나 어떤 일에나 흔쾌히 즐겁게 참여하는 내 친구들은 음식을 앞에 두고도 카드 쓰기에 열중했다. 다 작성한 카드는 친구 한 명이 맡아 1년 동안 보관하기로 했다.

　1년 뒤 연말 파티 날. 카드를 맡았던 친구가 카드를 꺼내서 설명할 때까지 아무도 그 카드의 존재를 기억하지 못하고 있다가 기억을 되새기고는 모두 소리를 질렀다. 이렇게 기억을 못 할 수가! 1년 전에 맡은 카드를 잊지 않고 챙겨 온 그 친구가 대단해 보였다. 가위바위보로 순서를 정하고 차례로 카드와 함께 선물 증정식을 가졌다. 카드는 받은 사람이 읽었는데 1년 전에 쓴 카드를 읽는다는 것은 생각보다 낭만적이었다. 어느덧 차례가 돌고 돌아 내가 선물과 카드를 받았다. 뭔가 쑥스러운 마음으로 카드를 읽어 내려갔다. 엄마가 돌아가시고 얼마 되지 않았을 때라 엄마에 대한 이야기가 적혀있었는데, 방심하고 있다가 튀어나온 '엄마'라는 단어에 그만 왈칵 눈물이 쏟아졌다. 옆에 앉은 친구들도 하나둘씩 휴지를 찾고 결국 다른 친구가 카드를 마저 읽어주었다. 맞다. 작년 이맘때는 엄마가 나의 제일 큰 관심사였다.

밤은 깊어가고 빈 맥주 캔도 늘어가고 우리의 이야기는 쉴 틈이 없었다. 이 이야기에서 저 이야기로 이리저리 튀었다가 서로 놀리고 장난도 쳤다가, 각자 하고 싶은 이야기가 어쩌나 많은지 끝이 없었다. 마치 정해진 수순처럼 마음속에 담아둔 이야기들을 하나둘씩 꺼냈다. 예전에는 이럴 때면 그동안 서로에게 서운했던 일들이 스멀스멀 나왔던 것 같은데, 이번에는 각자의 가족 이야기로 이어졌다. 가족 이야기에 눈물은 패키지처럼 따라온다. 소소한 가정사 하나 없는 가족은 거의 없겠지만 다들 힘든 순간들이 많았다. 그러다 친구들 중 하나가 이런 이야기를 했다. 소은이의 엄마 일을 겪고 난 뒤에 엄마에게 좀 더 잘하려고 노력하게 되었다고. 엄마가 내 곁에 없을 수도 있다고는 한 번도 생각해보지 않았는데, 언젠가 그렇게 될 수 있다는 것을 너무나도 느끼게 되었다고. 엄마의 소중함을 알게 되었다고.

나는 친구들 사이에서 제일 먼저 결혼했고 제일 먼저 아이를 낳았다. 엄마도 마찬가지였다. 엄마는 친구들 사이에서 제일 먼저 자식을 결혼시켰고 제일 먼저 할머니가 되었다. 엄마가 아프고 장례를 치르면서 오만 가지 생각을 다 하게 되었을 때 혹시 내가 제일 먼저 결혼하고 아이를 낳아서 이런 일도 제일 먼저 겪는 걸까 생각했었다. 남들보다 늦게 결혼하고 아이도 늦게 낳았으면 좀 더 늦게 겪을 수 있었을까? 이 세상엔 과학적으로 설명이 안 되는 일들이 많으니 정말 그럴 수도 있고 그냥 우연일 수도 있겠지.

엄마의 죽음은 내 친구들에게도 그랬지만 엄마의 친구분들에게도 처음 있는 일이었다. 친구 엄마의 장례식이 처음이었고, 친구의 장례식도 처음이었다. 엄마가 호스피스 병원에 누워있을 때 한 친구분이 오셔서 "너를 보면서 나도 이제 몸에 좋은 것도 잘 챙겨 먹고 건강을 많이 생각하게 됐어"라고 말씀하셨다. 엄마의 장례식에서는 "우리도 친구가 이런 일을 겪은 게 처음이라…" 하는 말을 들었다. 장례식을 함께해준 내 친구들은 엄마에게 잘해드려야겠다고 생각했다.

그때 많은 분들에게 감사한 일들이 많았지만, 왜 우리 엄마의 죽음으로 모두가 이런 깨달음을 얻어야 하나 싶은 생각에 왠지 심술이 나기도 했었다. 왜 삶을 되돌아보는 계기가 우리 엄마의 죽음이 되어야 하나. 지금 저렇게 느끼고 있는 사람이 나와 우리 엄마였으면. 나도 우리 엄마도 다른 사람의 일로 소중함을 깨닫고 가족이나 일상을 다시 한 번 되돌아볼 수 있었으면.

하지만 그것은 의미 없는 욕심이었다. 다들 처음이라 우리에게 더

더욱 마음을 써주었고 힘든 순간순간을 끝까지 함께해주었다. 아침 일찍부터 장례식장을 찾아 밤늦게까지 자리를 지켜준 분들도 많았다. 그리고 1년여가 지난 지금까지 내 친구들은 나와 함께 슬퍼하며 다시 그 순간을 되돌려 함께 추억해준다. 반대로 내가 친구들처럼 할 수 있었을까를 생각해보면 그러지 못했을 것 같다. 이렇게까지 큰일로 여기지 못하고 그저 '장례식'이라고만 여겼겠지. 지금은 작년의 아픈 시간을 거쳤기에 조금이라도 함께 슬퍼하고 마음 쓰는 법을 알게 되었지만, 그렇지 않았다면 나는 친구들처럼 할 수 없었을 것이다.

처음이라서 몹시 슬프기도 하지만 그래서 모두에게 의미 있는 일이기도 했다.

비록 엄마는 내 옆에 없지만 우리 엄마의 일을 계기로 엄마의 소중함을 느껴준 친구들이 고맙다.

고마워

솔이는 아주 어렸을 때를 제외하고는
나와 떨어지는 것에 대해 거부감이 크게 없었다.

오히려 너무 잘 떨어져서 그게 고민이었다.

그러다 어느 순간부터 엄마를 유난히 좋아하게 되었고

예전과 달리 떨어지려 하지 않았다.

그래도 막상 떨어지면 크게 엄마를 찾지는 않았고

할머니, 할아버지와 재미있게 잘 놀았다.

그래서 이번에 병원에 있는 동안
그때 오랫동안 떨어져 있어야 했지만
솔이에 대해선 별로 걱정하지 않았다.

당연히 언제나처럼 괜찮을 거라고 생각했고

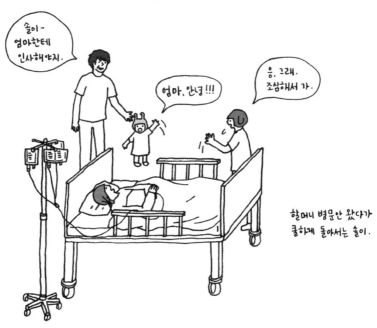

솔이-
엄마한테
인사해야지.

엄마, 안녕!!!

응, 그래.
조심해서 가.

할머니 병문안 왔다가
쿨하게 돌아서는 솔이.

실제로도 별 탈 없이 잘 지냈다.

그런데 모든 일이 마무리되고 내가 솔이 옆으로 돌아오자

솔이는 완전히 엄마 껌딱지가 되었다.

심지어 방 중에 자다가 깨서도.

아마 어른들 모르게 스트레스를 많이 받았던 모양이다.

어려서 아무것도 모르는 줄 알았다.

솔이의 마음과 생각은 내가 알고 있는 것보다 훨씬 컸다.

장례식장에서도 웃음을 주더니

언제나 우리를 웃게 해 준다.
솔이가 없었다면 우리 집은 꽤 오랫동안 메말라 있었겠지.

병원에서 엄마가 남겨 준 마지막 말은 이것이었다.

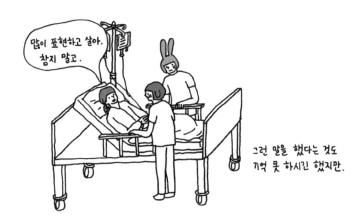

울고 싶을 땐 울자. 라고 생각하지만
솔이 앞에선 참으려고 많이 노력한다.

그래도 못 참고 울게 될 때가 있다.

힘들고 지칠 때 이 작은 아이가 이렇게 큰 위로가 될 줄은 정말 몰랐다.

친구의 말처럼 솔이는 내게 말로 표현할 수 없는 힘을 준다.

어느 날 저녁.

아만자

페이스북에서 어떤 분이 추천해주신 것을 보고

'아만자'라는 웹툰을 보았다.

보는 내내 울었다.

위암 말기인 주인공의 투병 이야기인데,

라고 생각이 들 정도로 아픔이 잘 그려져 있었다.

당연히 엄마가 아플거라고 생각했다.

하지만 이 정도일 줄은 몰랐다.

얼마나 아팠을까.

얼마나 외롭고 힘들었을까.

얼마나 살고 싶었을까.

그것도 여전히 나의 짐작일 뿐이지만.
지켜보기만 했던 입장에서 예상해봐야
얼마나 해 볼 수 있겠냐마는.

엄마가 옆에 있을 때
이걸 봤다면.
좀 더 엄마를 이해할 수
있었을까.

주인공이 힘겹게 남긴 마지막 말은
마지막 순간까지 말을 할 수 없었던
엄마가 우리에게 하는 말 같았다.

힘내자.

힘들고 지칠 때마다
외뇌어 생각한다.

엄마 생각만 하면 울보가 되는 나는
카페에서 이 일기를 적으면서 또 울었다.

위로

어느날. 저녁.

천천히 자라주었으면

솔이는 아직 혼자 잠들지 못한다. 저녁을 먹고 목욕을 하고 치카까지 모두 마치고 잠들 준비가 되면 그림책을 세 권 골라서 같이 자러 들어간다. 캠핑 때 들고 다니려고 산 랜턴은 우리의 머리맡에서 자기 전 책을 읽을 때 쓰는 취침등으로 더 많이 쓰이고 있다. 책을 다 읽고 나면 불을 끄는데, 낮잠을 잔 날은 한참을 어둠 속에서 놀다가 자고 낮잠을 건너뛴 날은 불을 끄자마자 잠이 들기도 한다. 불을 끄고 잠시 뒹굴뒹굴하더니 솔이가 말한다.

"엄마 나 안아조요."

"응, 엄마가 안아줄까?"

누운 채로 서로 마주 보고 바짝 붙었다. 솔이는 팔을 내 목에 감았고 나는 솔이 등을 쓰다듬어주었다. 잠시 후 솔이는 나를 꼭 안고서 잠이 들었다. 솔이의 숨이 고스란히 얼굴에 닿는데 그 바람과 냄새가 너무나 좋았다. 어른의 숨 냄새와는 확연히 다르다. 아이의 숨 냄새. 평소에도 누군가의(가족이나 애인의) 숨 냄새 맡는 걸 좋아했지만 솔이의 냄새는 확연히 좋다. 눈을 떴을 때 보이는 얼굴은 세상 그 무엇보다도 아름답다. 너무 가까워 선명히 보이지 않아도. 솔이 손이 내 목을 누르고 어깨 밑에 깔린 휴대전화가 배기는데도 움직일 수 없었다. 너무 행복해서 눈물이 날 것 같았다. 천년만년 이렇게 살 수 있다면.

그러나 솔이는 나처럼 금방 커버릴 테고 어느 순간 혼자 잠자리에 드는 것이 더 편하다고 이야기하는 날이 올 것이다. 이렇게 서로의 숨 냄새를 맡으며 잠들 날도 많지 않겠지. 이렇게 무방비인 채로 나에 대한 의심도 부담도 없이 밑도 끝도 없는 믿음을 주는 존재가 있다는 것. 아이에게 엄마란 그런 존재라는 것을 알고는 있었지만 실제로 아이가 믿고 의지하는 존재가 되어보니 생각보다 더 행복하고, 생각보다 더 미안하고, 생각보다 더 슬프다.

눈을 감고 잠을 청하려다 다시 눈을 떠 솔이 얼굴을 보는 일을 반복하느라 잠들지 못했다. 솔이가 뒤척이다 반대쪽으로 돌아누워서야 그 순간은 끝이 났다. 아쉬움에 어둠 속에서 멍하니 천장을 바라보았다. 솔이가 천천히 자라주었으면.

어제는 솔이의 세 번째 생일이었다. 초코케이크를 보고 즐거워하던 솔이. 낮잠을 자고 일어나 할머니를 보자마자 "오늘 쵸리 생일이야" 라고 말하며 신이 났다. 저녁밥을 먹고 나서는 케이크를 찾아다니더니 아빠가 사 온 고깔모자에 너무나 기뻐했다. 우리에게도 이런 꼬꼬마 시절이 있었다는 걸 상상할 수가 없다. 나는 내 어린 시절로 돌아갈 수 없고, 나중에는 지금 이 시간으로 돌아올 수 없다.

영화 〈어바웃 타임〉에는 성인이 되면서 타임 리프를 하게 된 주인공이 나온다. 가문의 비밀이었던 타임 리프를 알려주신 아버지가 돌아가시고 슬퍼하던 주인공은 타임 리프를 통해 어린 시절로 돌아가 아버지를 다시 만난다. 둘이서 신나게 놀다가 함께 바다를 바라보는 장면이 있는데 그 장면은 떠올리기만 해도 코끝이 찡해진다. 그 감정은 내가 엄마 아빠의 딸이기만 했을 때 느꼈던 것보다 크고 복합적이다. 행복하고 소중한 시간도 결국은 흘러가버린다. 시간을 되돌려 아버지와 함께 시간을 보낸 주인공도 결국은 아버지가 없는 현실로 돌아와야 했다.

몸을 일으켜 곤히 잠든 솔이 얼굴을 다시 보고 슬며시 손도 잡아보고 통통한 다리도 만져본다. 잠든 솔이를 꼭 끌어안고 솔이 냄새를 맡으며 잠을 청했다. 잠결에도 엄마를 부르며 내 옆에 착 붙어서 자는 아이를 보면 오늘도 흘러가는 시간이 왠지 무서워진다. 내일도, 내일모레도 나는 솔이를 재우러 함께 방에 들어가야 하고 아무리 피곤해도 책 세 권을 읽어주어야 하고 잠이 들 때까지 곁을 지켜주어야 한다. 그게 지금 솔이에게 내가 해줄 수 있는 일이니, 내일은 오늘보다 조금 더 즐거운 마음으로 함께해야겠다.

<u>우유</u>

빵집에 다녀 오는 길.

결국 우유 하나를 받아왔다.

다시 돌아간다면

다시 솔이를 낳았던 그 순간으로 돌아가고 싶다고 처음 생각했다. 그 당시엔 너무 아프고 힘들어서 부디 이미 끝난 현실이길 바랐지만, 지나고 보니 역시나 단 한 번밖에 오지 않는 소중한 시간이었다.

그보다 더 가까울 수 없을 만큼 한 몸으로 지냈던 솔이와 실제로 마주한 그 순간.

솔이의 첫 울음소리를 듣고, 처음으로 젖을 물리고, 처음으로 훈버터와 솔이가 만났던 그 순간.

남편의 연락을 받고 새벽임에도 달려오신 시어머니, 엄마, 소라를 차례로 면회했던 그 순간.

엄마가 솔이를 처음 품에 안은 모습을 찍던 나.

처음으로 솔이를 찍어주면서 '그동안 너희 사진을 많이 찍어봐서 잘 찍을 수 있다'고 말하던 엄마.

기저귀 가는 것도 헤매는 나 대신 어설프지만 열심히 기저귀를 갈던 남편.

아들만 둘 키웠는데 드디어 손녀딸이 생겼다고 무척 좋아하시던 시부모님.

솔이 발바닥이 엄지손가락만 하다며 신기해하던 동생들.

첫 조카 태어났다고 바쁜데도 시간 내어 병원에 찾아와준 친구들.

모두가 기다렸던, 설레고 기뻤던 그 시간들.

다 함께 새로운 출발을 맞이하던 그때가 많이 그립다.

다시 돌아간다면 엄마랑 솔이랑 함께하게 될 2년을 더, 더, 더, 알차게 보낼 텐데.

벌써 1년

벌써 1년이 다 되어간다.

발레

어린이집에서 발레를 배워온 솔이.

어린이집

등원하면서.

엄마. 나도
어린이집가서 안 울테니까
엄마도 나 없다고
울지 마요.

하원하면서.

엄마. 왜 이러케
일찍 왔어요?
그럼 엄마 힘들자나요.

엄마란

Going Home

'GOING HOME' 김윤아
집으로 돌아가는 길에
지는 햇살에 마음을 맡기고
나는 너의 일을 떠올리며
수많은 생각에 슬퍼진다.

우리는 단지 내일의 일도
지금은 알 수가 없으니까
그저 너의 등을 감싸 안으며
다 잘될 거라고 말할 수밖에.

더 해줄 수 있는 일이
있을 것만 같아 초조해져.
무거운 너의 어깨와
기나긴 하루가 안타까워.
내일은 정말 좋은 일이
너에게 생기면 좋겠어.
너에겐 자격이 있으니까.
이제 짐을 벗고 행복해지길
나는 간절하게 소원해본다.

이 세상은 너와 나에게도
잔인하고 두려운 곳이니까
언제라도 여기로 돌아와.
집이 있잖아. 내가 있잖아.
내일은 정말 좋은 일이
우리를 기다려 주기를
새로운 태양이 떠오르기를
가장 간절하게 바라던 일이
이뤄지기를 난 기도해 본다.

엄마에 대한 일기를 정리하는데 마침 이 노래가 나온다.
그 때의 엄마에게 들려주고 싶은 노래.
노랫말과 멜로디가 마음에 콕콕 박힌다.

두 번째 생일

　서른두 살 생일을 맞아 동생과 엄마한테 가기로 했다. 분당 지하철 역에서 만나 무얼 사 갈까 하다가 그냥 우리가 먹고 싶은 걸 사기로 하고 근처에서 음식을 샀다. 엄마에게 간다고 해서 집에서 음식을 준비하진 않고 그때그때 먹고 싶은 걸 사 가고 있다. 명절엔 명절 음식을 챙겨 가기는 하지만 엄마는 우리와 함께 맛있는 음식 먹으러 다니는 것을 좋아했으니 이해해줄 거라고 믿는다. 게다가 마지막 1년은 먹고 싶은 것을 마음껏 먹지도 못하셨으니 더 좋아하지 않을까?

　미세먼지가 많아서 걱정했는데 다행히 산이라 그런지 좀 괜찮았다. 서브웨이 샌드위치 두 개와 따뜻한 아메리카노 한 잔을 올려놓고 돗자리 위에서 나란히 절을 했다. 벌써 몇 번째 하는 절인지 모르지만 할 때마다 슬퍼진다. 단순한 의식이지만 절을 두 번 한다는 것은 이렇게나 몸도 마음도 무거운 행동이었다. 멍하니 엄마의 명패를 바라보다가 엄마에게 인사를 건넸다.

　갈 때마다 자리 잡는 그늘에 돗자리를 펴고 앉아 싸 온 음식을 먹으며 이야기를 나누었다. 요즘 사는 이야기, 주변 사람들 이야기, 엄마 이야기… 선선하고 조용하고 평화로웠다. 엄마는 나를 참 좋은 계절에 낳아주셨구나. 시간은 참 빨리 지나간다. 엄마가 떠나고 벌써 두 번째 생일이다. 1년 전으로 돌아간다 하더라도 엄마를 만날 수 없을 만큼의 시간이 흘러버렸다.

　죽으면 죽는 거지 뭐, 하고 살았다. 그런데 엄마의 죽음을 겪은 후에는 조금, 아니 많이 죽는 것에 두려움이 생겼다. "나는 그런데 형부는 오히려 안 무서워졌대." 동생에게 이야기하니 동생도 두렵지 않다고 했다. 죽어가는 과정이 두렵지 죽으면 끝이지 뭐, 라고 한다. 남아 있는 사람들을 생각하면 걱정된다고 하니까 남아있어도 결국 잘 살아가고 있지 않느냐고 한다.

　며칠 전 『여우 나무』라는 그림책을 사서 솔이와 함께 읽었다. 숲에 살던 여우가 다시는 일어나지 못할 깊은 잠에 빠져들자 동물 친구들이 여우를 그리워하며 여우와의 추억을 이야기하는 내용이었다. 그림도 내용도 아름다운 책인데 첫 장부터 눈물이 났다. 엄마가 살아계셨다면 이 정도로 와 닿지는 않았을 것 같다.

　이 그림책은 "여우는 모두의 마음속에 영원히 살아있답니다"라는 문장으로 끝난다. 자기 전에 할머니와 같이 이 그림책을 읽은 솔이는 이게 무슨 말인지 물어봤다고 한다. 그러자 할머니가 이렇게 설명해주셨단다.

"토우(시댁에서 키우던 강아지)가 밤하늘의 예쁜 별이 되었지만 솔이는 토우 생각이 나, 안 나?"

"토우 생각 나."

"그런 게 마음속에 살아있는 거야."

그림책 속 여우를 쓰다듬으며 엄마가 떠올라 울었다. 전진상의원 병실에 엄마와 단둘이 있던 때가 자꾸 떠오른다. 무엇으로도 되돌릴 수 없고 무슨 방법을 써도 엄마를 다시 볼 수가 없어 마음이 아프다.

숙모는 "적어도 3년은 지나야 괜찮아지더라" 하고 말씀하셨다. 어쩌면 아직 시간이 많이 흐르지 않아서 그럴 수도 있지만 남겨진다는 것은 내 상상보다 훨씬 슬픈 일이었다. 그렇다고 이 슬픔에 적응하고 익숙해져서 언젠가 괜찮아지는 것도 싫다. 그만큼 엄마가 희미해져버릴 것 같아서. 세 번째, 네 번째, 다섯 번째 생일이 지나도 나는 잘 살고 있겠지만 여전히 많이 슬펐으면 좋겠다.

『여우 나무』 이야기는 "마음속에 영원히 살아있답니다"로 끝난다. 예전에는 당연히 위로가 될 것이라고 생각했던 말들이 위로가 되지 않았다. 마음속에, 영원히, 같은 말들. 돗자리를 정리하고 다시 엄마에게로 갔다. 엄마, 또 올게. 잘 있어. 답을 들을 수 없는 인사를 남기고 뒤돌아섰다.

엄마가 모르는 나의 하루하루가 점점 많아진다.

내가 모르는 엄마의 시간
(1959~2015)

엄마의 과거가 알고 싶을 때 나는 앨범을 들춰본다.

나와 함께하는 엄마의 삶이 시작되었다.

85.11.8

할머니가 된 엄마의 모습은 낯설지만 보기 좋다.
엄마도 누군가의 엄마이기 이전에 자기 자신이었고
엄마 역할도 처음이었을 뿐이라는 것을 이제야 깨닫게 되었다.

엄마도, 우리도 익숙해져서 잠시 잊고 있었다.
서로의 곁에 있을 수 있는 행복과 감사함을.
우리에게 또다시 아픔이 찾아온 것도 너무 늦게 알아버렸다.

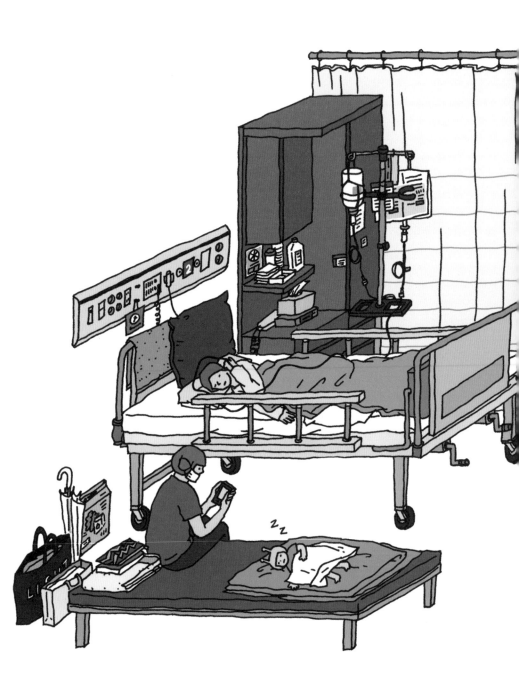

나를 가능하게 만들어준 엄마에게
이 책이 작은 위안과 기쁨이 될 수 있기를 바라며.

엄마가 모르는
나의 하루하루가
점점 많아진다

초판 1쇄 발행 2017년 11월 27일
초판 6쇄 발행 2020년 4월 24일

지은이 김소은
펴낸이 연준혁

편집2본부 본부장 유민우
편집3부서 부서장 오유미
편집 배윤영
디자인 이성희

펴낸곳 (주)위즈덤하우스   **출판등록** 2000년 5월 23일 제13-1071호
주소 (410-380) 경기도 고양시 일산동구 정발산로 43-20 센트럴프라자 6층
전화 031-936-4000 **팩스** 031-936-3891 **홈페이지** www.wisdomhouse.co.kr

ⓒ 김소은, 2017
값 14,800원
ISBN 979-11-6220-110-7 03810